KB098731

선우명수필선 46

하얀 고무신

선우명수필선·46

하얀 고무신

1판 1쇄 발행 2021년 4월 15일

지은이	김영수
발행인	이선우
펴낸곳	도서출판 선우미디어

등록 ｜ 1997. 8. 7 제305-2014-000020호
130-100 서울시 동대문구 장한로12길 40, 101동 203호
☎ 2272-3351, 3352 팩스: 2272-5540
sunwoome@hanmail.net
Printed in Korea ⓒ 2021. 김영수

값 7,000원

ISBN 978-89-87771-09-0 (세트)
ISBN 978-89-5658-663-2 04810

선우 명수필선 46

하얀 고무신

| 김영수 수필선 |

선우미디어 sunwoomedia

머리말

    수필을 쓴 지 얼마 되지 않은 것 같은데 세월이 훌쩍 지났다. 책 읽기를 좋아하고 글쓰기를 좋아하여 들어선 길이었다. 많이 쓰다 보면 그중에 괜찮은 글도 있겠지 싶었지만, 막상 수필선집에 실을 작품을 고르자니 그게 아니라는 생각이 들었다. 네 권의 수필집과 최근 발표한 작품 중에서 서른 몇 편 고르는 데도 적잖이 고심했다.

    대표작을 선정해달라고 했지만 대표작이라 부를 만한 작품이 있을까 싶어, 나의 주관적인 애정을 기준으로 작품을 골라야 했다. 내 안의 생각과 감정을 언어로 쏟아내는 시간이 그동안 나를 살아있게 했음을 상기하며 다시 읽는 과정은, 또 하나의 의미였다. 좋은 책을 출간하는 일을 보람으로 여기는 선우미디어에 감사하며, 독자와 만날 기대로 다시금 가슴이 설렌다.

2021년 봄,
캐나다 Ajax에서 김영수

차례

chapter3 먼 길 돌아 돌아온 바람

아버지의 외투

내 손 잡던 손

내일이면 떠나는 날이다. 친정엄마와 보내는 마지막 밤. 고개는 벽을 향한 채 슬그머니 이불속 엄마 손을 더듬어본다. 눈물을 보이지 않기로 며칠 전부터 약속했기에 엄마 눈을 바라볼 자신이 없다.

오늘 엄마의 손은 사랑이나 정 같은 느낌보다는 그저 아픔이 전해오는 손이다. 엄마도 나와 같은 마음인지 손을 잡힌 채 아까부터 미동도 없다. 말없이 잡은 손에 지그시 힘을 주어 본다. 이 손을 놓으면 다시 잡을 수 있을지, 아흔이라는 엄마 나이를 의식하면 '다음에'라는 말이 무슨 의미가 있을는지. 새벽까지 그렇게 손을 잡고 있었다. 잠결에도 잡은 손 놓지 말아야지 하던 기억이 나는데 속절없이 찾아온 아침에 우리 손은 맥없이 풀려 있었고, 우리는 또 한 번 이별을 해야 했다.

그렇게 내 손을 잡았다가 놓은 손을 생각한다. 늦게 퇴근하여, 잠든 아기의 앙증맞고 말캉거리는 손을 가만히 쥐면 가슴이 벅차면서도 먹먹했다. 장거리 통근하며 직장에 다니는 내 손은 아기에게 늘 미안했다. 방에 들어서는 제 엄마 얼굴만 보여도 동그랗게 웃으며 내밀던 손. 쥐어보는 것도 아깝던 손인데 언제 내게서 빠져나갔을까.

중학교에 들어간 아들 손가락이 조금씩 굵어지기 시작하면서 우리는 손을 잡는 일도 드물어졌다. 얼굴 보기도 어렵던 대학 시절을 마치는가 싶더니 어느 가을날, 햇볕 내려앉는 공원에서 그 손은 사랑하는 여자의 손을 잡았다. 아들의 손은 내가 알아차리지 못하는 사이에 제 아빠 손만큼이나 커져 있었고 뼈마디가 굵어져 제법 듬직해 보였다. 나는 아들 손에 들어 있는 며느리의 하얀 손을 바라보며, 잠깐 한눈파는 사이에 지나가 버린 듯한 세월을 느껴야 했다.

세상에서 제일 크던 손을 기억한다. 바위도 쥐고 흔들 것 같던 아버지의 손. 내가 어릴 때 그 손은 못 할 게 없는 만능 손이었다. 힘이 나오고 용돈이 나오고 사랑이 나오는. 한 손으로는 잡지 못해 두 손으로 감싸서 잡던 촉감이 선명한데, 어느 시점부터 우리 손은 같이 늙어갔다. 결혼하고 주부로 교사로, 시간을 다투는 일상에 밀려 아버지 손을 잡기는커녕 바라볼 기회마저 드물었다.

세월은 흘렀고 아버지는 일흔이 넘은 노인이 되었다. 내 나이 마흔 몇에 잡아본 아버지 손. 언제 살이 빠져나갔는지 힘없이 밀리는 손등을 말없이 어루만지던 시간을, 나는 기억한다. 이민 오기 며칠 전이었다. 아버지 옆에 앉아 있다가 나도 모르게 눈물이 툭 떨어졌고 그걸 감추려고 허둥거리다가 엉겁결에 잡은 손. 언제까지나 크고 듬직하리라 믿었는데, 맑

딸의 무심함을 탓하려는지 온기를 잃은 힘줄과 거죽만 내 손에 들어왔다. 아버지도 내 속내를 읽었는지 무슨 말인가 하려다 말았고, 나는 잡은 손을 어쩌지 못한 채 천장만 바라보며 앉아있었다.

낯선 타국에 발을 디딘 지 몇 달 지나지도 않았는데 자리에 누우셨다는 소식을 듣고, 배편으로 온 이삿짐을 정리하기도 전에 아버지를 만나러 날아갔다. 이 모든 일이 내가 아버지 곁을 떠나 이민 왔기 때문이라는 자책에서 헤어날 수 없었다. 아버지와 두 달 반 동안 병실에서 불안한 시간을 보내다가, 죽음의 그림자가 두려워 눈을 마주치는 것조차 조심스러울 때쯤 나는 그 손을 영영 놓아야 했다.

삶이란 이렇게 차례로 손을 놓고 놓다가 떠나는 것이겠구나. 만나서 반갑다며 마주 잡고 흔들던 손의 온기가 채 가시기도 전에 떠난다고 손을 내밀던 이들. 많은 얼굴이 바람처럼 스치고 지나간다. 이별하는 내 손을 마지막으로 잡아주는 사람이 남편이 아니면 좋겠다. 떠나는 그의 손을 내가 잡아주고 싶다. 만일 그럴 수 있는 일이라면, 아내의 손을 잡고 평온하게 떠날 수 있도록 배웅하고 싶다.

흐르지 않을 것 같던 마딘 시간도 어김없이 지나, 내 아들이 아기였을 때보다 더 여리게 느껴지는 고사리손을 선물처럼 받았다. 내 아들의 아들, 두 손자의 손이다. 작은 손가락을 움직여 우리 부부의 손을 잡을 때면 우리는 세상 모든 것을 다 잊은 듯 아니, 다 얻은 듯한 표정이 되곤 한다. 손자는,

되돌릴 수 없는 시간의 끝에 서 있는 삶의 허무마저 잊게 해주는 존재다. 인생의 저물녘에 온전히 흔흔할 수 있는 시간은 두 손자를 품에 안고 있을 때라고 말한다면 과장일까. 거침없이 밀고 들어오는 시간에 눌려 조금씩 주저앉는 우리 부부를, 오늘도 고 여린 손들이 일으켜 세운다.

어쩌면 좋으냐

하루하루가 분주하다. 고국을 방문할 때마다, 오랫동안 보고 싶던 사람 만나러 다니는 일상이 이어진다. 한 달 가까이 친정에 머물면서도 엄마와 오붓하게 시간을 보내는 날은 손가락으로 꼽을 정도밖에 안 된다. 오늘은 엄마 목욕 시켜드리는 날. 엄마도 나도 그 시간을 좋아하는 건 목욕하는 일이 피부로 교감하는 언어라는 점에서 일지 모른다.

내가 힘들까 봐 사양하시다가도 막상 목욕을 시작하면 엄마 얼굴에서 부드럽고 평화로운 미소가 떠나질 않는다. 캐나다 내 집에 돌아가 욕실 문을 열 때면 엄마의 발그레 익은 미소가 생각나겠지. 마음이 저릿하다. 엄마가 따끈한 물이 담긴 욕조에 앉아있는 동안 나는 엄마와 참으로 많은 이야기를 했다. 엄마와 이렇게 소리 내서 웃어본 것도, 웃음 끝에 가슴 먹먹하여 눈물 글썽인 것도 얼마 만인지. 웃음의 발단은 이랬다.

엊그제 친구들과 식사하고 나서 전통찻집에 갔을 때였다. 오미자차 쌍화차 생강차 대추차. 나이가 들어서인지 모두들 건강에 좋다는 차를 골고루 시켰다. 내 바로 뒷자리에는 우리

나이 또래들이 앉아 있었는데 노부모에 관한 화제로 분위기가 달아올랐다. 등을 맞대고 앉는 자리여서 뒤에서 하는 말이 들으려고 하지 않아도 들렸다. 귀가 솔깃했다.

90세 안팎의 친정엄마와 시어머니가 화제의 주인공. 친정엄마가 하루가 멀다고 아파서 자주 찾아가야 하니 마음 놓고 여행 한번 못 다닌다는 딸이 말문을 열자, 그 연세에도 당신 고집대로 하려는 데다가 눈치도 없이 자꾸 보고 싶다는 시어머니 때문에 고민이라는 며느리가 뒤를 이었다.

자기 친정어머니는 혼자 사시는데 식사도 거르지 않고 매일 아침 운동까지 하시니…, 여기까지 듣던 나는 그래도 그분은 건강하니 다행이구나 싶었다. 그런데 이어지는 다음 말이 너무 뜻밖이어서 나는 들고 있던 찻잔을 맥없이 내려놓고 말았다.

"그러니 글쎄 어떡하면 좋으니. 그러다가 정말 백 살까지 사시겠어." 듣고 있던 일행은 침묵했고 분위기가 꽤 오래 숙연했다.

전철을 타고 집에 돌아오는 내내 그 말이 귓전을 울렸고, 나는 그 침묵의 의미가 무엇이었을지 생각했다. 당연히 공감하는 내용이라 대꾸를 안 했을까. 아니면 차마 듣기 민망해서 모두가 말을 아꼈을까. 사람은 시련을 겪을 때 진짜 성격이 나오고 진심이 드러난다는데, 내가 그런 처지에 있지 않아서 공감이나 이해를 하지 못하는 걸까.

물이 좀 식은 것 같아 따끈한 물을 더 틀어 놓으며, 어버이 날이 다가오는데 엄마는 어떤 선물을 받고 싶은지 물어보았다. 그 말끝에 나는 찻집에서 들은 이야기를 농담 삼아 꺼냈다. 어쩌면 세상이 그렇게 무서워졌느냐며 서글퍼할 줄 알았는데 엄마의 반응은 뜻밖이었다.

"나는 나이 아흔이 넘도록 밥도 잘 먹고 소화도 잘 시키는데 정말 어떡하면 좋으냐."고 하는 바람에 목욕하다 말고 한참을 웃었다.

엄마 팔을 닦아드리며, 엄마는 다리는 약한 데 비해 팔은 뽀얗고 살집도 좋다고 말했을 때였다.

"그러니 글쎄 어쩌면 좋으냐, 이러다가 백 살도 넘게 살지 모르는데" 하며 엄마는 또 한바탕 웃음보를 터뜨렸다. 말끝마다 그 말을 되풀이하면서 웃는 덕에 목욕이 언제 끝났는지도 모를 지경이었다. 심각할 수 있는 말을 유머러스하게 받아들이는 엄마를 보니 덩달아 웃으면서도 코끝이 시큰했다.

누구라도 인간은 아무에게도 들키고 싶지 않은 억압된 생각을 할 수 있다. 그것이 사회적으로 윤리적으로 용인하기 어려운 것이라면 더 은밀할 수밖에 없다. 격의 없는 친구들을 만나 깊은 속내를 털어놓은 시간만으로도, 노모를 가까이서 힘겹게 돌봐드리는 그들의 마음이 조금은 가벼워지지 않았을까. 어쩌면 그녀는 집에 돌아가는 길에 맛있는 음식을 들고 어머니를 찾아가 언제 그랬냐는 듯 웃으며 살갑게 대할지도 모른다. 모녀 사이는 그런 것, 깊은 뜻이 없어도 흉허물 없이 그렇게 말할 수 있는데 내가 잠시 잊고 있었나 보다.

그들의 대화는 곧 닥쳐올 나의 가까운 미래 이야기라는 생각에 가슴이 서늘하다. 기력이 떨어지고 인지 능력과 판단 능력마저 저하되면 어쩔 수 없이 누군가에게 의탁해야 하는 현실이다. 가족이든 시설이든. 자기는 자립심이 강해서 절대로 안 그럴 거라던 사람도 나이 들어 여기저기 아프기 시작하면 마음이 먼저 무너진다. 인생에 '절대'라는 단어가 가능할까. 누구에게든 어떤 일도 일어날 수 있건마는.

캐나다로 돌아갈 날이 하루하루 다가온다. "어쩌면 좋으냐"며 웃던 시간을 떠올리면, 헤어지는 아픔이 조금은 누그러지려는지. 수없이 반복해도 익숙해질 수 없는 이별. 딸을 실은 차가 멀어질 때까지 조그맣게 선 채 그저 손만 흔들고 있을 아흔둘의 엄마. 우리 앞에 또 어떤 이별이 기다리고 있을지 모르는데, 이렇게 잠깐 만나고 헤어져야 하는 나야말로 어쩌면 좋으냐.

잠시 만난 젊은 봄빛

세탁기가 돌고 있다. 나는 그 안에서 일어나는 작은 술렁거림을 지켜본다. 젖은 옷들이 서로 붙어 엉긴 채 소용돌이친다. 놓치면 큰일이라도 날 듯 두 팔로 바지를 부둥켜안고 뿌연 구정물 속에서 안간힘을 쓴다. 빙빙 도는 공간에서 함께 휘둘리던 바지가 무슨 생각에서인지 갑자기 바짓가랑이를 풍선처럼 부풀리더니, 잔뜩 들러붙어 있던 셔츠의 가슴을 한쪽 바짓부리로 한 방 걷어찬다.

"저런!" 나는 깜짝 놀라 빨래들을 의인화시키며 그들의 세계로 들어가 본다. 생각지 못한 급습에 목 부분이 뒤로 꺾어질 듯 젖혀졌다가, 뒤에서 밀려오는 물살에 다시 고개를 숙이고 마는 셔츠의 모습이 느린 영상으로 전개된다. 젖어서 더 길어진 티셔츠의 팔이 매달릴 곳이라곤 바지자락밖에 없는지.

권투경기에서 몸이 휠 만큼 충격적인 강타를 당하고 나서, 상대방 선수의 몸을 부둥켜안으며 자신을 추스르는 장면을 닮았다. 폭력이나 피를 부르는 행동 앞에서는 눈을 감아버리는 습관이 있는 나로서는, 졸였던 가슴을 풀고 슬그머니 눈을 뜨는 장면이기도 하다. 나는 아예 세탁기 앞에 자리를 잡고 앉았다.

커다란 괴물의 눈알 같아 보이는 세탁기의 둥근 유리창 바깥에서 지켜보다가, 누군가의 팔이 내 다리를 꽉 끌어안고 있다는 느낌에 불편해진다. 내게까지 전염되는 듯한 기분 나쁜 끈적끈적함을 털어내려고 진저리를 치면서, 세탁기 속의 바지를 흉내 내어 한쪽 다리를 오므렸다 힘차게 뻗어본다. 그러나 나는 마치 꿈속에서처럼, 아무리 애를 써도 보이지 않는 구속에서 몸을 빼내지 못한다. 자유롭기에는, 내가 세탁기 세상에 너무 깊숙이 관여했는가.

'세탁'에서 '헹굼'으로 바뀌면서 빨래 사이에도 조금 여유가 생긴다. 탁한 구정물을 지나 맑아진 물빛을 보기만 해도 숨쉬기가 한결 가벼워진 느낌이다. 그악스럽게 무엇엔가 매달려야 했던 셔츠의 팔들이 넉넉한 물 흐름을 따라 제풀에 풀어져 자유롭게 유영한다. 나의 호흡도 거기에 영향을 받는지 한결 느리고 깊어진다. 소용돌이 후의 기진맥진함으로 빨래들은 오징어처럼 흐느적거리는 웃음을 흘리고 있다.

'헹굼'에서 '탈수'로 이어진다. 헹굼보다 몇 배로 가속이 붙은 세탁기는 세상을 뒤집을 기세로 몸통을 요란스럽게 흔든다. 원심력에 몸을 내맡기고 현기증으로 의식을 놓은 듯한 건, 빨래나 지켜보는 나나 마찬가지다. 세탁기라는 세계의 중앙을 차지하고 유유자적하던 것들이 탈수를 거치자 숨을 쉴 틈조차 없이 서로 밀착된 채 가장자리로 밀려가 납작 엎드려 있다. '헹굼' 동안 한없이 크게 부풀었던 빨래 개개의 존재가 '탈수'라는 여정을 거치며 옹색한 한 줌 부피로 줄어들었다. 세탁기에 몸을 맡기는 순간에도 버리지 못한 허황한 삶의 부피로 겉모습만 부풀어 부석부석한 행색이더니, 비록 몸피가 줄어 왜소해 보이기는 해도 홀가분해진 모양새로 바뀌었다.

지켜보는 동안 내 마음도 함께 빤 것 같아 상쾌해진 기분에 얼른 세탁기에서 빨래를 꺼냈다. 요즈음은 볕이 좋아 빨래를 건조기에 돌리지 않고 빨래 건조대에 널어서 말린다. 하나씩 집어서 털어 너는 과정에서 나는 좋든 싫든 빨래와 개별적인 만남의 시간을 갖게 된다. 서로 뒤엉켜 들러붙어 있던 것들을 하나씩 떼어놓으며 때로는 묘한 쾌감을 맛보기도 한다.

남자 팬티가 보인다. 남편 것이다. 처음 세탁기에 들어갈 때는 그렇게 큰소리치며 한껏 부풀어 있더니 탈수를 마치고 나오자 어린아이 것처럼 쪼그라든 채 내 손바닥도 넓다는 듯 오롯이 앉아있다. 나는 입가에 야릇한 미소를 짓는다. 그러면서도 그 왜소함 어디엔가 자리 잡고 있을 무력함마저 읽은 것 같아 머금고 있던 미소를 거두어들인다. 어쩌면 그는 아내와 자식을 위해 '세탁'에서 '헹굼'을 지나 '탈수'를 거치는 삶과의 투쟁에서 그의 몸속에 지녔던 기(氣)를 빼앗겨 조그맣게 줄어들었는지도 모른다. 부러 팽팽하게 부풀리고 싶었을 자존감이, 세월이 들이댄 바늘에 저리 작아진 것을 보고 나는 어쩌자고 순간에라도 간지러운 희열을 느꼈던가. 지칠 줄 모르고 언제까지라도 뿜어낼 줄 알던 마력이 쇠진해버린 공허를 목

격한 느낌, 아내인 내 마음인들 편할까.

안되겠다 싶어 나는 쪼그라든 팬티를 탁탁 소리가 나게 털어 원래의 모양으로 되돌려 놓는다. 두 손으로 양쪽 끝을 붙잡고 펼쳐보니 생각보다 커진다. 나는 몇 번 더 털어서 한껏 부풀린 채로 조심스레 널어놓는다. 봄바람 맞으며 빨래 건조대 위에서 아직도 촉촉한 물기를 머금고 나를 바라보는 그의 눈빛과 웃음에 넉넉한 여유가 묻어난다. 삶의 꿈결 같던 젊은 봄빛을 잠시 만나고 나니 비로소 마음 놓고 느긋한 웃음을 내놓을 수 있는지.

장작을 태우면서

현관문을 열자 사람보다 나무 냄새가 먼저 달려 나온다. 내 눈길은 자연스레 장작더미에 닿았다가 벽난로를 향한다. 집주인이 문소리를 듣지 못했는지 기척이 없다. 덕분에 불꽃을 가까이서 눈여겨 살필 수 있는 시간을 벌게 되어 눈높이를 맞춰 그 앞에 낮은 자세로 앉는다. 나뭇가지에 붙은 불이 연기를 뿜더니 불똥을 튕기며 작은 불꽃을 일으키고 있다. 파르스름한 색이다. 불꽃도 사람처럼 무르익기 전에는 풋내 나는 푸른 시절이 있는가. 그래서인지 나는 파란 불에서 풋과일 냄새를 맡는다. 불길이 몸집을 불릴수록 파란 불꽃이 안으로 파고들더니 가장 안쪽으로 숨어버려 언뜻 보면 주홍밖에 보이지 않는다. 육안으로 보이지는 않아도 불길의 중심은 파란 불꽃에 있지 않을까, 혼자만의 생각이다.

나중에 집어넣은 굵은 장작에 옮겨붙은 불이 기세 좋게 타오르기 시작한다. 처음 넣은 불쏘시개감 잔가지들은 벌써 하얀 몸이 되어 누워있다. 바깥의 차갑고 묵직한 공기와 실내에 퍼져있는 따습고 가벼운 공기의 대비처럼, 이미 식어버린 잿더미와 붉은 꽃을 피우는 장작에 마음이 간다. 처음 불을 붙일 때 매캐한 냄새로 눈물샘을 자극하는 데는 아마 내가 짐작하지 못하는 이유가 있으리라.

나무껍질이 타닥타닥 소리를 내며 보챈다. 아기가 태어나 세상을 열며 울음을 터뜨리듯, 장작도 제 몸에 불이 일자 자신의 존재를 알리려는 나름의 표시인가 싶어 작은 소리에도 귀를 세운다. 그러나 나는 끝내 장작의 붉은 소리를 해독하지 못한다. 열기에 휩싸인 몸이 진홍빛으로 달궈지자 나무에서 빠져나온 시꺼먼 그을음이 굴뚝으로 도망치듯 빨려 올라간다. 지금은 마른 장작이지만, 흙에 뿌리내리고 있던 나무 시절에는 살아남기 위해 독을 품어 가시를 세우기도 하고 햇빛을 차지하려 욕심을 부리기도 했으리라. 그러니 속가슴은 남들 모르게 숯 검댕으로 얼룩졌을지도 모른다. 나무로서의 한살이를 하는 동안 지녔던 그을음을 뽑어내어 후련해졌는지 하얘진 연기를 한숨처럼 뽑어낸다.

나무의 삶을 버린 지 오래되었을 법한 마른 나무가 장작의 몸으로 새로운 출발을 하려는 것일까. 나무로 살던 시간에 비하면 한 번 타오르고 마는 찰나의 삶. 하얗게 누워있는 재를 만져보니 없는 듯 보드랍다. 평생을 짊어졌을 삶의 하중을 내려놓고 허황한 부피도 버리면 이처럼 가벼워지는가. 그런데 재가 된 뒤에도 동그란 모습을 버리지 않는 견고한 옹이의 실체는 무엇인가. 평생 움직이지 못하는 형벌 같은 붙박이 삶을 살면서 어쩔 수 없이 응축된 한의 표상인가, 아니면 마지막까지도 놓기 어렵던 나무로서의 자존심인가. 아니다. 옹이는 나무가 살면서 상처를 극복한 흔적, 살기 위해 만들어야 했던 흔적이다.

갑자기 불길이 치솟더니 몸집이 큰 장작이 우악스럽게 벽 난로 세상을 휘어잡는다. 힘 있고 목소리 큰 사람이 인간 세 상을 휘두르려 하듯 불의 세계도 다르지 않은지. 자잘한 나뭇 가지들은 안간힘을 쓰며 제 불꽃을 피워 올리려 애를 써도 큰 불길에 밀려서 눈에 잘 띄지도 않는다. 막강한 불길은 나의 예상보다 그곳에 오래 머물겠지. 아무리 오래 머문들 인간의 삶도 순간인데, 땔감인 장작이야 더 말할 나위가 있을까.

사위어가는 장작에서 하얀 재가 아지랑이처럼 올라가며 한 창 몸이 달궈진 장작에 시선을 준다. 자유로워진 영혼이 육신 의 창문을 빠져나가는 순간인가. 거친 숨을 몰아쉬며 불꽃을 뿜어내는 장작을 보며, 나무로 살 때 자신의 치열했던 젊음을 잠시 회상하는지도 모르겠다. 이 땅에서 지낸 시간이 헛되지 않았음을 무엇으로 짐작할 수 있으려는지. 꽃을 올리고 열매 를 맺으며 찬란하게 청춘을 불태우던 나날을, 누구의 간섭도 받으려 하지 않고 누구도 간섭하지 않으며 의연히 뿌리 내리 던 기억만으로 자족할까.

나무인들 어찌 회한이 없을까. 덤처럼 주어진 장작으로서 의 시간이 나무에 어떤 의미를 지니는지 몰라도 어쩌면 그들 은 나무로 살다 나무로 죽고 싶었을지 모른다. 처음 뿌리를 내린 곳에서 계절을 차례로 맞이하며 햇볕과 바람과 빗방울 과 나누던 추억을 간직한 채 그렇게 제 살던 숲에서 흙으로 돌아가는 꿈을 안고 살지 않았을까. 불꽃을 일으킬 때 매캐한 연기를 쏟아내는 장면을 보고, 나무가 아닌 장작으로 마감해야 하는 자신의 마지막에 대한 나름의 항거를 읽는다면 비약일지.

창문을 여니 밀고 들어오는 겨울바람이 상쾌하다. 장작 타는 연기가 바람을 타고 가뿐하게 날아간다. 온갖 생명이 남긴 소리나 흔적도 그렇게 가뭇없이 사라지리라. 한 줌 연기로 흩어지는 나무의 삶이 바람의 냄새 정도는 바꿀 수 있으려는지.

경계

　일주문이 보인다. 고국을 방문하면 친정어머니와 절 한 곳 쯤은 들르게 된다. 흔들거리는 지팡이 걸음이 위태로워 보이다가도 일주문이 보이면 다 왔구나 싶어 마음이 놓인다. 마음이 놓인다는 것은 목적지가 눈앞이기도 하지만 심리적으로도 기댈 곳에 닿았다는 의미도 있다.

　일주문은 내게 상징으로 존재하는 문이었다. 한때 일주문에 발을 걸치고 서서 이 문만 넘어설 수 있다면, 하던 기억. 바깥세상과 절 사이에 벽도 담도 없이 서서, 두 세계를 이어주는 동시에 거리를 두는 문이었다. 속세와 승가의 경계에서 양쪽 세상을 저울질하며 잠시 생각에 잠기게 만드는 공간이기도 했다. 어쩌면 나는 저 경계 너머에 있을지도 모를, 내가 사는 곳과는 다른 차원인 새로운 세계를 그리워했는지도 모르겠다.

　절 앞에 숲길을 두는 건 세속과의 완충 역할을 위한 장치일지 모른다. 속도를 늦춰 자연으로 관심과 시선을 돌림으로써 마음을 가다듬고 여유를 되찾게 하려는 배려인 셈이다. 지팡이에 의지해 겨우겨우 숲길을 걷던 엄마가 근처 바위에 걸터

앉아 숨을 고르며 "좋구나, 참 좋구나," 했다. 뭐가 그리 좋다는 걸까. 노구를 이끌고 아주 천천히 걷는 걸음에도 숨이 차서 몇 번을 쉬다 걷다 하여 가까스로 왔건마는. 어쩌면 그래서 더 좋을 수도 있겠구나.

절 안에 발을 들여놓는 일은 단순히 공간을 넘어설 뿐 아니라 내가 속한 세계를 벗어난다는 의미에서 새롭다. 절에서는 '참 나'를 만날 수 있으리라는 기대도 있다. 그러니까 이 문만 넘어서면 물리적으로도 심리적으로도 뭔가 다른 세상에 들어서는 느낌이다. 그 경계에 모녀와 지팡이가 나란히 앉아 다리쉼을 하고 있다. 혼잣말처럼 물었던, 절이 뭐가 그리 좋으냐는 내 말에 이제야 답이 돌아온다.

"그냥…, 나무 냄새도 좋고, 공기도 맑고, 마음도 가볍고…, 오늘만 같으면 백 년도 살 것 같다." 엄마가 내놓은 웃음 위로 햇살이 번지며 흔들린다. 부드럽게 펼쳐지던 능선이 물러난 자리에 파란 하늘이 소나무를 앞세워 나타난다. 숲이 내뿜는 향기에 몸이 먼저 반응한다는 듯, 엄마는 숨을 몇 차례 깊이 들이쉬더니 머리가 맑아지고 개운하다며 나를 바라본다. 엄마처럼 해보라는 눈빛이다. 나무 냄새는 솔잎 향이다. 톡 쏘는 듯한 송진 냄새가 내 몸의 독소도 씻어냈으면 하여 나도 그 곁에 앉아 심호흡한다. 향기로 몸을 치료하기도 한다는데, 누가 가르쳐주지 않아도 폐부 깊숙이 들이마시게 되는 푸른 공기에 정말 몸도 마음도 개운해진 기분이다.

고개를 돌리다가 눈이 마주친 우리는 아무 말 없이 그저 웃는다. 선한 웃음 끝이 허전하다. 조금 전에 들은 '오늘만 같으면 백 년도 살 것 같다'는 말이 내게는, '캐나다 가지 말고 오늘처럼'으로 들려 울컥한다. 이제 한국에서 어머니 곁에 머물 수 있는 날이 꼭 닷새 남았다. 닷새 후는 생각지 않으려 했는데 엄마 마음은 벌써 그 '닷새 후'에 가 있나 보다. 닷새 후, 내 마음은 어디에 있을까.

절 안쪽 소나무 숲길로 들어선다. 몇 걸음 걷지도 않았는데 엄마는 벌써 앉을 곳을 찾아 두리번거린다. 앉아서 보니 떨어져 쌓인 솔잎들로 바닥이 불그레하다. 소나무는 시든 잎을 과감히 떨구어냄으로써 늘 푸른 나무라는 자신의 이름을 지키고, 묵은 솔잎은 미련 없이 떨어져 줌으로써 나무의 성장을 돕고 있다. 자연스럽게 생의 순환을 이루며 시간의 경계마저 지운 듯 평화롭다.

노모의 발끝을 붙드는 시간은 어찌 그리 숨이 차는지. 엄마 발걸음에 맞추다 보니 마냥 늦어져서 오늘 안에 도착하려나 싶던 대웅전이 어느새 눈앞에 있다. 대웅전으로 이어지는 숲길을 걷는 시간은, 어느 정도 정화된 마음으로 자신을 볼 준비를 하는 과정이기도 하다. 그렇게 가다듬은 마음으로 부처를 만나면 보이지 않던 것을 보게 되고, 듣지 못하던 것을 들으며, 느끼지 못하던 것도 느낄 수 있을지 모른다. 무릎이 아파 더는 절을 하지 못하는 엄마는 조용히 앉아 부처님을 마음에 들여놓으려나 보다. 젊음이 지난 나이에 바라본 엄마 모습은 내게 또 다른 의미다. 삶과 죽음 그 경계에 있는 여든여

섯 노인에게 의례적인 행위가 무슨 소용이 있을까. 어딘가 먼 곳을 응시하고 있는 엄마를 곁에서 바라만 볼 뿐, 어둑해지는 주위 풍경에도 일어서자는 말을 꺼내지 못하겠다.

　밖에는 얼마 남지 않은 시간을 붉은 노을로 사르고 있다. 지는 햇살이 의외로 강렬하다. 일몰은 빛을 닫는 시간이지만, 어둠을 여는 시간이기도 하다. 빛과 어둠이 섞이며 한목소리로 속삭인다. 과거도 미래도 삶도 죽음도 잠시 잊고, 하루를 잠재우며 휴식할 시간이라고. 또 한 번 경계를 지날 뿐이라고.

아버지의 외투

꿈에서 깨어, 간절히 불러낸 아버지 형상 앞에 가만히 손을 내밀어보았다. 식지 않은 체온이 내게로 전해오는 듯했다. 어젯밤 꿈에 아버지를 만났다. 낯익은 외투를 입고 스치듯 지나가는 모습에 깜짝 놀라 돌아서서 아버지 팔을 잡았다. 꿈속에서도 나는 아버지가 이 세상 분이 아니라는 걸 알고 있어서 그 장면이 믿어지지 않아 직접 만져보며 확인했나 보다. 그런데, 정말 만져졌다. 단단한 팔 근육이 주던 감촉이 아직도 손가락 끝에 묻어있는 것처럼 생생하다.

꿈은 설명하지 않는다. 암시와 상징으로 이루어져 있어 해석은 오롯이 꿈꾼 자의 몫으로 남는다. 그래서 안타깝기도 하지만, 또 그 때문에 편안하기도 하다. 아버지 사랑을 촉감으로 느껴보고 싶어서 꾼 꿈이 아닐까, 내 나름의 해몽을 해본다.

부성애는 모성애와는 또 다른 의미와 이미지를 지닌다. 내게 모성을 언어로 표현하라면 그 근처까지는 접근할 수 있겠지만 부성은, 그 깊이를 가늠할 수 없는 부성은 어떻게 표현해야 할지 막막하다. 나는 부성애라는 단어를 떠올리면 표현이나 설명이 아닌, 느낌을 통해 더 분명하고 섬세하게 반응한다. 아버지와 나 사이의 끈끈한 유대감은 신체적인 접촉에서가 아니라 대화와 사랑에 기초한다. 그런데 아버지 외투를 통해 지나간 사랑이 만져지다니, 어떤 의미일까.

장례식을 마치고 유품을 정리하여 딸들이 나누어 갖기로 했다. 나는 그중에 아버지가 마지막까지 베고 누우셨던 베개와 외투를 가져왔다. 베개는 아버지 냄새가 그리워서, 외투는 우리가 공유한 과거 시간을 회복한다는 의미에서 소중했다. 프루스트가 홍차에 적신 마들렌 과자로 과거를 더듬어가며 회상했듯, 나는 냄새를 붙들고 아버지와 나누던 시간으로 돌아가기를 꿈꾼 게 아닌가 싶다.

체취란, 마음으로 그릴 수밖에 없는 이미지와는 달리 한 인간의 축약된 삶을 표출하는 구체적인 감각이다. 누군가가 사용하던 방에 밴 냄새가 방주인의 삶을 대변하듯, 오래 입던 옷에 밴 체취가 그렇다는 말이다. 아버지 냄새로 우리가 나누던 추억을 기리고 싶어 외투를 몇 번 꺼내어 보긴 했지만, 그때마다 울컥 밀려드는 슬픔 덩어리가 너무 컸다. 휘발되지 않은 냄새는 에두름 없이 바로 심장으로 걸어 들어와 상실감에 무력해진 내 무릎을 꺾곤 했다. 아픈 추억은 날 것일 때 꺼내어 보면 위험할 수 있다. 미친 불꽃처럼 화염을 날름거리며 타오를 때는 몇 걸음 물러서서 시간이 지나기를 기다려야 한다.

그 후 여러 해를 보내고 웬만큼 슬픔이 무뎌졌을 때쯤에서야 아버지 외투를 꺼내어 담담히 마주할 수 있었다. 가볍고 따스한 녹색 외투는 찬바람이 불기 시작하면 아버지 몸에서 떠나지 못했다. 모자를 눌러쓰고 습관처럼 뒷짐을 지거나 외투 주머니에 양손을 찔러 넣고 산책길을 나서던 모습이 눈에 선했다. 단편으로 흩어져있던 모호한 기억들은 회상과 상상 속에서 형상을 갖추고 연결되어 그대로 하나의 이야기가 되었다. 외투를 가까이 안아보았다. 아버지 체취는 거의 사라졌어도 그 흐릿한 상상의 냄새로도 과거 시간을 추억할 수 있었다. 그때의 삶이라고 다 아름다울 수야 없겠지만, 시간이 뿜어내는 마력으로 미화된 추억은 슬픈 그림자를 지우고 아릿한 그리움으로 바뀌어 갔다.

아버지는 내가 운전하는 옆 좌석에 앉아 드라이브하기를 좋아했다. 친정집 근처에 살던 나는 퇴근 후 아이가 잠들 무렵이면 엄마에게 아이를 맡기고 하루가 멀다고 아버지와 길을 나섰다. 우리는 복잡한 큰길을 벗어나 호젓한 뒷길로 드라이브하며 참으로 많은 이야기를 나누었다. 그 시간이 온기를 지니고 외투 속에 머물고 있었다. 드라이브 길에서 듣던 아버지 목소리뿐 아니라 하품하던 소리며 재채기할 때 공기의 흔들림까지도 훼손되지 않은 상태로 살아있었다. 아버지에게 진 사랑 빚을 갚기라도 하듯, 나는 오랫동안 과거라는 강물에서 벗어나지 못했다.

그러나 냄새를 붙들고 과거 시간에 잡혀 흐를 만큼 흐른 지금, 이제는 중심 잡고 그곳에서 나올 때가 되었음을 깨닫는

다. 더 이어지면 서로를 힘들게 하는 집착임을 모르지 않는
다. 흐르는 강물을 먼발치에서 지켜보리라. 삶은 그리움 아니
던가.

아버지가 느꼈을 노년의 고독과 허무가 외투에 배어있다.
그것을 이해시키려고 참으로 오랜 시간이 기다려주었지. 우
리가 나누던 언어와 체온과 숨결까지 그대로 간직한 외투를
벗어 옷장에 넣고 돌아서려는데, 옷자락에 묻어있던 냄새가
나를 붙든다. 아아 그것은, 노년에 이른 내 몸이 발산하는 것
과 다르지 않은 익숙한 냄새였다.

초록 낙엽 되어

꿈을 벗어버린 낙엽은 무게가 없다. 바싹 마른 낙엽을 밟으며 가을 속으로 들어간다. 아무 생각 없이 숲을 걷는 단순함으로 이토록 평온할 수 있다니 놀랍다. 엷은 바람에도 커피 냄새가 나는 듯한 갈색 낙엽 사이에서 초록색이 뚜렷한 이파리 하나가 눈에 띈다. 붉은 잎 속에서도 금빛 낙엽 속에서도 젊음의 상징인 초록은 생경하다. 일찌감치 꺾여버린 생의 정기(精氣)를 어찌하지 못해 발산하려는 몸부림인가. 열정으로 타오르던 한여름의 꿈과 찬란하던 봄날의 희망이 모두 이곳 가을 숲에, 낙엽이라는 이름으로 다시 모여 있다. 어디선가 바람이 몰려온다. 그 작은 소요(騷擾)에도 나는 더 걷지 못하고 나뭇등걸에 걸터앉는다. 바람이 초록 낙엽을 들추자 묵은 과거에 묻혀있던 제자 Y가 걸어 나온다.

여고 이학년, 열일곱 한창나이에 끓는 정열과 연둣빛 꿈을 모두 접고 승려가 된 Y가 있다. 그녀를 만나러 절에 가던 길이었다. 드문드문 들어선 순한 초록이, 가을빛으로 이글거리며 붉게 타오르던 산을 다독여 잠재우고 있었다. 속세의 바람을 앞세워 머뭇거리며 들어선 절, 댓돌에 늘어선 하얀 고무신

에 내 눈길이 한참 머물렀다. 반짝이는 구두를 부러워하던 Y
도 저 신을 신겠지. 파르스름한 그녀의 머리도, 잿빛 승복도,
마주치는 모두가 그날은 그렇게 서러웠다.

그녀를 만나러 가는 길 내내, 태연스러운 표정을 어떻게
지어야 하는지 수없이 연습하고 무슨 말로 어떻게 말문을 열
어야 할지 전전긍긍했다. 그녀를 만나면 어떤 호칭을 써야 할
까 나는 밤새 고민했다. "Y야," 하고 불러야 할지 "스님," 하
고 불러야 할지. 깨우침을 얻겠다고 세상을 향해 열린 문을
모질게 닫고 돌아선 제자를 두고, 선생은 고작 그런 시답잖은
일로 마음을 끓였었다.

Y는 그 몇 달 사이에 많이도 달라져 있었다. 제 엄마 뱃속
에서 들인 배냇버릇인들 저렇게 자연스러울 수 있을까 싶으
리만치, 합장하며 맞이하는 그녀의 자태는 어느새 스님이 다
되어 있었다. 그녀의 눈동자를 이해하기 위해 얼마나 가슴 깊
이 들어가야 할까. 합장으로 답하는 그녀의 눈빛을 통해, 미
처 내려놓지 못했을지도 모를 속세의 꿈을 찾아내려 애썼다.
설마 금세라도 제 나이를 되찾은 얼굴로 까르르 웃으며 내 품
에 안겨 들리라고 기대했을까 마는. 세상도 내려놓은 제자 앞
에서 나는 그녀에 대한 미련을 버리지 못해 안달하고 있었다.

'무엇이 그녀를 이 외로운 산길로 이끌었을까. 속세에서 맺
은 그 많은 인연들을, 머리카락을 밀어버리듯 정말 그렇게 야
멸차게 끊을 수 있었을까. 속진(俗塵)을 벗어난 높은 경계의
삶을 택한 그녀인데 나는 왜 이리도 마음이 어수선할까.'

당시 풍선 같은 꿈을 키우던 젊은 선생은 제자가 세상을 접은 이유를 이해하지 못해 잠을 놓치곤 했다. 주체 못 할 열기로 불타던 사춘기 아이들에게, 미지근한 내 체온을 맞추기 위해 애면글면하던 시기이기도 했다. 선생과 제자로 밀착되어 있던 관계가 툭 끊어지며 갑자기 멀어진 그녀와의 거리를 인정하고 돌아오는 길, 곱게 익은 가을 산마루에서 다리가 휘청거렸다. 깊은 뜻을 품고 순탄치 않은 길로 들어선 그녀를 위해 가난한 내 가슴에서 아무것도 꺼내어주지 못했다는 사실만 확인한 그 날, 말로 형용하기 어려운 무엇인가가 가슴에 침전물로 조용히 쌓이고 있었다.

구불구불 이어졌다가 끊기고 다시 이어지던 오솔길, 낙엽 밟는 소리가 숲속의 정적을 깰 만큼 사위는 고요했다. 숲을 벗어난 하늘은 구름 한 점 없이 저토록 파랗기만 한데. 이 길처럼 구불거리고 평탄치 않을 그녀 앞에 놓인 길. 걸어 들어간 만큼 다시 깊어지는 끝없는 구도의 길을 걸어야 할 Y의 모습이 눈 앞에 자꾸 아른거렸다. 그녀가 없는 파란 하늘이 서러워, 애꿎은 나무만 올려다보며 한숨을 내쉰 게 몇 번이던가. 검은 숲으로 하늘을 가린 어둠에 그녀의 얼굴이 나타나지 않기를 빌며, 멀찌감치 물러선 그녀의 절을 혼곤히 바라보았다.

나무에서 낙엽 하나가 떨어진다. 고개를 들고 올려다보니 여윈 나뭇가지만 남은 아주 늙은 나무다. 새로운 삶을 준비하는 노목이, 거부감도 저항감도 없이 훌훌 버리는 행위가 오늘

따라 예사롭게 보이지 않는다. 오랜 세월에 거쳐 계절을 보낼 때마다 반복되던 비움의 시간이 어쩌면 늙은 나무에는 그리 낯선 일이 아닐지 모른다. 그러나 곁에 서 있는 젊은 나무들은 무슨 마음으로 낙엽을 순순히 버릴 수 있는지. 단지 늙은 나무들의 행보를 겉으로 흉내 내보는 데 불과할까. 버리는 홀가분함을 알고 있어서, 혹은 비움으로써 충만 되는 삶의 이치를 그 어린 나이에 이미 터득했는가. 향기와 꽃에 집착하지 않는 나무로 살아갈 Y, 그저 푸른 잎사귀로 많은 이들이 더위를 피해 들어설 그늘을 내주면서 자족할 그녀. 지금쯤 Y도 넉넉한 나무처럼 어디에선가 그런 삶의 이치와 불도(佛道)를 깨우쳐가고 있겠지.

엄마와 재봉틀

여든의 문턱을 넘어, 하고 싶은 일을 하나씩 접을 때마다 엄마는 서글퍼하셨다. 아흔 고개에 접어들면서부터는 지팡이를 짚고도 보행이 어려워 몇 걸음 걷지도 못하고 아무 데나 걸터앉곤 했다. 주민센터에 다니며 배우던 장구도 노래도 그만둔 지 오래였어도, 바느질만큼은 포기하기 어려운가 보았다.

딸 넷의 옷이 모두 엄마의 손끝에서 나오던 기억에 마음이 아렸다. 어렸을 때 집안에 재봉틀 돌아가는 소리가 멈출 날 없었으니. 재봉틀은 엄마와 평생을 함께하며 속내를 털어놓는 가장 가까운 친구가 아니었을까. 어쩌면 재봉이 마지막 자존심일지도 몰랐다. 내가 멀리서 걱정을 할 때면, 바느질도 하고 책도 읽을 수 있으니 아직은 괜찮다던 엄마였다. 재봉은 집에서 혼자서도 할 수 있고 두뇌에도 좋다며 격려하던 나를, 엄마는 무턱대고 믿고 싶은 눈치였다.

문제는 나이가 드니 자꾸 잊어버리는 거였다. 밑 실이 자주 엉켜 겨우겨우 풀어놓으면 무슨 영문인지 바늘이 멈추고 실이 끊기길 반복했다. 그럴 때마다 엄마는, 눈 감고도 하던 일인데 내가 왜 이러는지 모르겠다며 주눅 든 목소리로 기사를 불렀다. 와서 가르쳐주는 데 3분, 다시 해보라고 연습시키고 출장비 3만 원을 받아 가길 여러 차례. 엄마는 그게 아깝기도 하고 자존심도 상했을 터였다. 그날따라 기사를 부르기가 왜 그렇게 싫었는지 엄마는 재봉틀을 들고 수리점에 가겠다고, 거기서 배워오겠노라고 하셨다.

창밖을 내다보았다. 이미 어둠이 내린 거리는 을씨년스러워 나갈 엄두가 나질 않았다. 바깥은 영하 10도라는데 얼마나 매울지. 기사를 부르기만 하면 될 일을, 거기까지 가는 택시 요금이 더 비싸다고 설득해도 막무가내였다. 분별력을 잃은 나도 엄마도 오기가 났고, 엄마를 이겨 먹으려는 딸이 괘씸했는지 일부러 더 고집을 부리시는 것 같았다. 콜택시를 불렀다. 밥공기 하나도 발발 떨며 들던 엄마가 어디서 그런 힘이 났는지 재봉틀을 통째로 들고 나섰다. 다 필요 없으니 혼자 다녀오겠다는 엄마 뒤를 따라갔다. 바람까지 불어 몸을 파고드는 추위는 지독했고 그럴수록 나는 엄마가 원망스러웠다.

어렵사리 찾아간 곳은 난방도 들어오지 않는 임시 건물 창고였다. 손바닥만 한 전기난로 하나로 얼음장 같은 추위를 견디고 있었다. 하나뿐인 콘센트에 엄마가 가져간 재봉틀 코드를 꽂으니 그나마 켜졌던 난로도 꺼졌다. 설명을 들으며 계속 해보는데도 엄마는 자꾸 실수했다. 재봉에 문외한인 내가 들어도 따라 할 수 있을 만큼 설명은 쉬웠고 숱하게 반복됐다.

엄마는 눈이 침침해서 잘 안 보이기도 했지만 추위에 손이 곱아 실도 잘 끼우지 못했다. 나도 발이 얼어 연신 발가락을 꼼지락거려야 할 지경인데 엄마는 오죽했을지.

엄마는 생의 끝자락에서 재봉틀을 끌어안고 아무도 응원하지 않는 외로운 싸움을 하고 있었다. 내가 엄마 나이에 이르러 내 삶의 의미라고 여기던 글쓰기조차 포기하게 되면 심정이 어떨까. 엄마의 일은 멀지 않은 내 미래의 일이고, 그게 나에게 글쓰기라면 엄마에게는 재봉이라는 걸 모르지 않았다. 그때, 울 듯하면서도 노기 띤 목소리가 얼어붙은 공기를 깨고 날아왔다. 엄마는, 그만 됐으니 설명을 종이에 적어달라고 하셨다. 추워서가 아니었다. 등 뒤에서 노려보고 있을 딸 생각을 하니, 긴장되고 손이 떨려 못하겠다고 했다. 나는 그만 주저앉아 울고 싶었다.

편안하게 집에서 배워도 되는데 이 추운 곳까지 찾아왔다고 따질 것 같았는지 엄마가 선수를 쳤다. 목소리에 파란 불꽃이 일었다.

"이론적으로는 네 말이 맞을지 몰라도 엄마가 그 정도로 예민할 때는 일단 물러서라. 너 좋은 점이 그거였는데 오늘따라 대체 왜 날 가르치려 드느냐. 예서 한마디라도 더 하려거든 당장에 너 사는 캐나다로 가거라." 나는 할 말을 잃고 멍하니 서 있었다. 도대체 내가 무슨 짓을 했을까.

어쩌자고 내가 그랬을까. 어쩌면 이번이 마지막 만남일지 모르니 무슨 일이 있어도 편안하게 해드리자고 다짐하고 왔건마는. 판단력도 기억력도 이해력도 모두가 예전 같지 않은데, 시시비비를 가리는 일이 무슨 의미가 있다고 그리 했는지. 이제 와 후회하면 뭘 하나. 흐릿해져 가는 엄마의 기억에서, 나는 그날의 일을 지우고만 싶었다.

"그날 재봉틀 일은…, 엄마," 나는 엄마를 불러만 놓고 말을 잇지 못했다. 듣고 있던 전화 목소리가 조용히 흔들렸다.

"넌 다 늙어서도 눈물이 많구나. 내가 그깟 일로 고깝고 서운해 하며 살았으면, 이 나이 되도록 온전한 정신으로 살았겠냐. 한가한 소리 그만하고, 거긴 밤일 텐데 어서 자거라."

때로는 잘못을 무조건 덮어주는 것도 사랑이다.

침묵 속의 매운탕

　매운탕 찌개 냄비 속에서 고국의 냄새가 끓고 있다.

　"매운탕 하나는 내가 잘 끓이지. 지금부터 왕년의 솜씨를 보여줄게." 하고 가로막으며 그는 넓지 않은 부엌을 혼자 다 차지했다. 남편이 끓인 매운탕은 내 식성에 별로 맞지 않아서, 그리 달갑지 않은 표정으로 비켜선다. 나는 비린 것을 좋아하지 않아 가능하면 여러 가지 재료를 함께 넣어 비린 맛을 감춘 바특하게 끓인 국물을 좋아한다. 그런데 남편은 최소한의 재료만을 넣어 싱겁게 끓여서, 매운탕 국물이 담백하기는 해도 좀 밍밍하기 때문이다.

　자기가 만든 음식에 오늘따라 필요 이상 너스레를 떠는 남편은 국물 맛을 보면서 "히야! 캬아!" 하고 온갖 희한한 감탄사를 다 동원한다. 식탁으로 옮겨온 돌냄비 속 국물이 매캐한 향을 풍기며 한참 동안 보글거린다. 뭔가 빠진 것 같다는 허전함 끝에 냉장고에서 소주병이 불려 나오고 작은 유리잔에 말간 액체가 졸졸 소리를 내며 부어졌다.

　그뿐이었다.

　붉은 국물 앞에서 소주병 마개를 따고 잔에 따른 일밖에 없다. 그런데 그 단순한 동작이 불러온 파문은 심상치가 않다. 무섭게 가슴을 내리누르는 적막이 식탁 주위에 스며들었다. 우리는 붙을 듯 가까이 앉아있으면서도 그 불투명한 적막 때문에 서로를 들여다보지 못한다.

문득 머릿속에 마른번개가 스치고 지나갔다. 장을 보러 가서 생선을 사자고 할 때부터 뭔가 꺼림칙했는데, 비린내 때문이 아니었구나. 아무리 끓여도 가시지 않던 비릿한 고향의 냄새를 내가 미처 헤아리지 못했구나. 매운탕만 끓이면 남편의 안경 너머로 뿌연 김이 서리던 기억을 내가 왜 잊고 있었을까.

탕은 아직도 기세 좋게 거친 호흡을 뿜어내고 있다. 안경에 허연 김이 잔뜩 서려 있어 남편의 눈을 내가 읽을 수 없으니 오히려 다행이다. 그러나 금세라도 무언가 그의 밥공기로 툭, 떨어질세라 나는 가슴을 졸인다. 요리할 때와는 달리 연신 매운탕 건지를 뒤적이면서도 침묵을 퍼가는 그의 표정 잃은 얼굴에, 내가 지레 질식할 것만 같아 나는 무엇인가 찾으러 가는 척 일어섰다. 순간 그의 손이 내 손목을 지그시 눌렀고 나는 가슴을 들킨 민망함을 어정쩡한 웃음으로 얼버무리며 주저앉고 만다.

오래 산 부부 사이에는 겹겹이 감추어도 웬만큼은 알게 되는, 함께한 세월이 들어있게 마련인지. 빛바랜 항아리에서 퍼올린 오래 묵은 시간의 잔을 비우고 밑바닥에 엉겨 붙은 기억의 찌꺼기까지 남김없이 들춰내며, 가슴속 향수(鄕愁)를 우리는 밤늦도록 그렇게 달래야 했다.

이민 오기 전의 자신감 있던 세월을 이야기하는 남편 얼굴이 시간이 갈수록 붉어진다. 그의 자신감은 젊었었기 때문도 아니고, 사회적 지위나 경제적 여유에서 비롯되지도 않았으리. 다만 내 나라 사람끼리 살을 맞대고 비비며 내 나라 언어로 말할 수 있던 거침없는 시절을 그리 표현했으리라. 혹시 내가 짐작하던 말이 쏟아져 나오면 어쩌나 싶어 시선을 피하며, 충혈된 눈자위를 핑계로 나는 그를 이불 속으로 밀어 넣는다.

"우리……," 남편의 이야기는 거기에서 끝난다. 나는 말 줄임표의 의미 따위는 외면하고 싶다. 힘없이 누운 남편의 얼굴을 보며 그가 김 서린 안경 너머로 애써 가두려던 '그것'의 정체를 아내인 내가 더는 모르는 척할 수 없다는 사실에 절망한다. 그는 이제 휘청거릴 만큼 고향이 그리운지 모른다.

다 식어 빠진 초라한 찌개 냄비를 치우며, 고기 살이 흩어져 앙상한 뼈만 드러낸 생선도 숟가락에 말라붙은 고춧가루도 서러워 나는 빈 식탁 의자에 몸을 부린다. 밤은 깊어가는데 정신은 또렷하고 몸은 천근이다. 나는 지금 내가 무엇을 서러워하는지조차 알지 못하겠다. 피할 수 없이 가까이 다가온 불투명한 정체가 또다시 새로운 삶을 향한 막막한 출발을 의미한다면, 그렇다면 어찌해야 할지 두려울 따름이다. 정체모를 살벌한 눈보라를 견디지 못해 황량한 온타리오 호숫가에 오도카니 앉아있는 환영이 눈앞에 아른거린다. 가슴이 답

답할 때면 달려가 위안을 받고 돌아오던, 내게는 향수(鄕愁) 처방 약 같은 호수이다.

접을 것 모두 접고 단념할 것 모두 단념하고 떠나왔다고 생각했는데, 그러기에는 그의 가슴이 아직 젊은가. 낯선 이국에서 이제 겨우 마음 붙이고 일어섰는데, 아직 걸음마를 배우기도 전인데, 하며 나는 나대로 가슴이 마른다. 매운탕 한 그릇에 흔들릴 마음이었다면, 우리는 왜 그토록 힘들여서 이 먼 캐나다 땅까지 와야 했을까.

시간의 기차여행

　아침 신문을 가져오려고 현관문을 여는데 기차 소리가 밀고 들어온다. 기적 소리에, 바람이 차가운 줄도 모르고 서 있다. 이맘때면 늘 듣는 소리인데 마치 오늘이 처음인 듯 새삼스럽다. 열린 현관문에 기대어 선 채 꿈인 양 들려오는 기차 소리를 듣고 있으려니, 마음이 먼 과거로 달려간다.

　겨울에 장거리 출근을 하려면 전쟁이 따로 없었다. 집에서부터 마을버스를 타고 몇 정거장 내려와서 시외버스를 기다리는 일부터가 고역이었다. 발을 동동 구르며 언제 올지도 모르는 버스를 마냥 기다렸다. 한겨울에 한데서 기다리는 시간은 얼마나 더디 가던가. 만원 버스에 겨우 비집고 올라타면 안경에 김이 서려 아무것도 보이지 않고 언 몸이 녹으면서 근질거려 정신을 차릴 수 없었다. 꼭두새벽부터 웬 음악은 그리도 크게 틀어놓는지. 쿵작거리는 유행가 소리가 공기를 휘젓고 다니면 내 심장도 따라서 쿵쿵 울렸다. 듣고 싶지 않아도 들리는 노래 가사는 어쩌면 그렇게 하나같이 구슬프고 청승맞은지, 가벼워야 할 아침 시간에 한숨을 내쉬며 앉아있었다.

　그렇게 기차역까지 갔다. 열차 시각에 맞게 도착해야 할 텐데 싶어 역에 가까워질수록 음악도 귀에 들어오지 않았다. 충분히 시간을 남겨놓고 버스를 타는데도 배차 시간을 맞춘다는 이유로 번번이 늑장을 부리는 바람에, 가슴이 조마조마해서 다른 생각은 할 수도 없었다.

어찌 됐든 기차만 타면 제시간에 내려줄 테니 그때부터는 온전한 내 시간이고 내 세상이었다. 승객이 거의 없는 기차는 간헐적으로 철커덕 소리만 낼 뿐 조용했다. 몸도 마음도 바쁜 세월을 살며 아침결에 주어진 고요한 공간과 오붓한 시간은 놓기 어려운 매력이었다. 단조로우면서도 리드미컬한 기차 소리는 버스에서 지친 몸을 차분하게 진정시켰고, 기차 유리창으로 들어오는 산과 구름과 나무는 산만하던 마음을 어루만져주었다. 그렇게 주어진 기차와의 시간 여행은 평화롭고 아름다웠다.

하루도 같은 그림을 보여주는 일이 없는 유리창 풍경화. 그 그림은 내게 계절을 앞세워 다녀가는 자연의 질서를 가감 없이 보여주며, 세상에 변하지 않는 게 있더냐고 묻곤 했다. 유리창 너머로 보면 누추한 삶도 미화될 수 있듯, 사람 사이에도 사물 사이에도 적절한 거리를 유지해야 아름답다고 일러주었다. 때로는 기차역 주변 궁핍한 삶의 현장을 보면서 버스를 울리던 대중가요 가사를 떠올렸고, 삶이란 무엇인가 하는 답도 없는 질문을 되풀이했다. 내가 너무 생각 속에 함몰되었다 싶으면 기차는 가끔 기적소리를 내어 환기시키는 일을 잊지 않았다.

아득한 과거로부터 달려왔을 시간의 열차. 기차가 굽은 길을 돌 때는 멀리 창밖으로 꼬리 부분이 보였다. 저 칸에 실려서 따라오고 있을 나의 과거는 좋든 싫든 함께 하던 시간이었고, 변할 수도 바꿀 수도 없는 나만의 시간이었다. 한번 지나가 버린 과거는 어찌할 도리가 없다는 엄연한 사실을 자각하며 현재 앉아있는 자리가 얼마나 소중한지 깨닫기도 했고, 앞서 달리고 있는 미래가 궁금해서 고개를 길게 빼고 기차 머리를 내다보기도 했다. 그때쯤이면 은퇴 후의 여유로운 생을 즐기고 있으리라는 긍정적이고도 낙관적인 상상을 하자 어서 앞 칸으로 옮겨 타고 싶기도 했다. 앞칸엔들 좋은 시간만 실렸을까 마는, 그런 환상마저 없었더라면 사는 일이 얼마나 팍팍했을까.

기차는 그렇게 지금에 이르렀다. 새벽밥도 먹는 둥 마는 둥, 칭얼거리는 아이를 떨쳐두고 눈물 바람을 하고 집을 나서는 일이 일상이던 출근길. 한때 버겁게 느껴지던 젊음이지만, 치열한 삶의 기차 칸에 탔던 그때가 봄날의 꿈만 같다. 이제 지나간 시간이 아름답게 느껴지는 데는, 기차 안에서 밖을 내다볼 때처럼 세상을 유리창 너머로 바라볼 수 있는 마음의 여유가 있어서이겠지.

기차에 같이 탔다가 어느 역에선가 내린 사람들이 보인다. 순식간에 지나갔지만 되돌려 보고픈 풍경도 숱하다. 오랫동안, 혹은 얼마 전부터 함께 탄 사람들을 싣고 여전히 달리고 있는 시간의 기차가 고맙다. 기적이 울린다. 지금 같은 칸에 타고 있는 사람에게 관심을 주라는 의미 같다. 내 앞뒤로 여러 객실을 매단 채 달리는 기차, 저만치 앞에 있는 칸에 타게 되면 지금의 젊지 않은 시간마저 그리워지리라.

어느 청년의 책가방

황토색 가방 하나가 오래전부터 책상에 놓여 있다. 태평양 건너올 때 신줏단지 모시듯 조심스레 들고 온, 시아버지의 젊음을 고스란히 담은 가방이다. 원래는 튼튼한 통가죽이었지만, 올해로 칠십 년이 되다 보니 주인만큼이나 노쇠하여 만지면 바스러질 것만 같다. 오늘은, 건드리기도 겁이 날 정도로 오래된 가방의 아득한 역사 속으로 들어가 보는 날이다.

세월의 소실점 가까이에서 나는 한 청년을 만났다. 알전구 하나뿐인 어둑한 방, 앉은뱅이책상 앞에 앉아 있는 문학청년이 보였다. 그는 우수와 고뇌에 찬 얼굴로 뿌연 담배 연기 속에서 소설을 쓰고 있었다. 한쪽 어깻죽지가 처진 그의 등이 이따금 흔들렸다. 세상 모든 고민을 끌어안은 젊은이의 그림자가 방바닥에 눌어붙은 듯 움직일 줄 몰랐다. 재떨이 가득한 담배꽁초와 방바닥에 흩어져 있는 구겨진 원고지를 보면 마치 기성작가의 방 같았다.

한 여자를 사랑한 이야기를 쓰고 싶었던가. 생각만큼 잘 풀리지 않는지 방안이 담배 연기로 매캐했다. 삶의 소용돌이도 결별의 아픔도 모르던 젊은이가 쓰고 싶은 사랑 이야기란 어떤 내용이었을까. 시대적 상황을 고려하면 은근한 여자의 사랑에 마음 졸이는 남자 이야기가 절정을 이루는 평범한 소설이 아니었을까 싶다. 다가올 운명을 미리 알 수는 없었겠지만, 풍파와 고뇌를 겪은 중년이 지나고서 글 쓸 기회가 주어졌더라면 지금보다는 좀 더 깊은 맛이 나는 소설이 됐으리라. 단지 쓰고 싶다는 갈망만으로, 숱한 담배꽁초가 쌓일 때쯤 단편소설 분량의 원고가 겨우 완성됐다. 그는 해냈다는 벅찬 희열에 가슴이 터질 것만 같았다. 여자에게 달려가서 보여주고 싶었으나 그럴 용기는 없었다.

때가 되면 신춘문예에 응모할 생각으로 그는 원고를 책가방에 소중하게 보관했다. 대학에 입학했을 때 아버지가 사주신 가방이었다. 자신의 운명이 길모퉁이 저편에서 얼굴을 감추고 가방을 움켜쥐고 있으리라고는 상상도 못 했을 터. 가방이 운명의 손아귀를 벗어나지 못한 채 세월에 풍화되리라고 어찌 짐작할 수 있었을까. 시대의 부름에 응해 입대했고, 군에 복무하면서 한국 전쟁 중에 치른 크고 작은 전투에서 그는 몸을 아끼지 않았다. 부상하여 전역하기까지 생사를 넘나드는 시간에, 그에게 문학은 사치였다.

결혼하여 사 남매를 키우는 동안, 그는 우여곡절 끝에 집안이 기우는 불운을 겪어야 했다. 텅 빈 호주머니를 파고들던 추위를 몸서리치며 견디던 시간이었다. 고단한 가장으로서의 삶에 일간 신문 이외의 언어가 들어설 자리는 끝내 없었다. 한 치 앞을 내다볼 수 없는 짙은 안갯속 같은 현실은, 신춘문

예의 꿈이 어두운 가방 속에 잠들어 있다는 사실마저 까맣게 잊게 했다. 가슴에 횅한 바람이 드나드는 초로에 이를 무렵, 새 식구를 들였다. 맏며느리였다.

며느리는 한 식구가 된 지 이십여 년 만에 오래 근무하던 교직을 접고 멀고 먼 나라로 이민 가더니 수필가가 되었다. 문학청년이던 그는 아흔에 접어들었고, 그의 삶은 흐릿하게나마 종착역을 향하고 있었다. 멀리 사는 맏아들 부부가 찾아온 날, 그는 반세기가 넘도록 열지 못한 가방을 며느리 손에 쥐여주었다.

"이걸 줄 사람이 없구나. 한번 읽어 보렴, 에미는 글쓰는 사람이니까." 주는 손끝도 받는 손끝도 가볍게 떨렸다. 가방 속 소설의 여주인공은 이미 돌아오지 못할 강을 건넌 뒤였다. 그날 며느리를 붙들고 그동안 가슴에 품고 살던 짧지 않은 자신의 역사를 풀어놓는 그의 눈가가 촉촉이 젖어 들었던가, 아마 그랬으리라.

한 청년의 푸른 꿈이 들어있던 가방. 그것을 시아버지는 책가방이라 불렀다. 책가방, 요즘은 듣기도 어려운 그 단어가 정겨웠다. 나는 그 가방을 볼 때마다 호기심이 일면서도 막연히 두려웠다. 어느 날 마음먹고 조심스레 여는데 삭은 끈 하나가 맥없이 끊어졌다. 불길한 생각에 손길이 멈췄고 더는 건드리지 못했다. 그 튼튼한 소가죽도 세월 앞에서는 어쩔 수 없는지. 가방 앞을 지날 때면 마음이 붙잡히곤 했으나 결국 시아버지의 소설을 읽지 못한 채, 나는 문학청년이던 그를 영영 잃고 말았다.

　돌아가시고 나서, 너무 늦게서야 열어 본 가방에서 두고두고 쏟아져 나오던 시아버지의 외로움과 고단함을 읽던 기억. 드나드는 승객도 없는 간이역을 거쳐 폐역이 되어버린 곳에 앉아, 운행을 멈춘 지 오래된 낡은 기차를 바라보는 심정이라고 할까. 지금도 가방을 보면 쓸쓸하다. 자상한 품성의 시아버지와 좀 더 함께하지 못한 시간이 아쉬워서. 문학청년으로서의 그를 진작 만났더라면 싶어서. 그리고 이승에서 그분을 스쳐 간 지난한 세월이 덧없고 덧없어서.

늙지 않는 편지

우연히 발견한 빛바랜 종이 뭉치가 세월 저편에 있던 편지라는 걸 깨닫는 순간, 가슴이 떨렸다. 서른 몇 해 전 기억의 문이 젖혀지면서, 잠들어 있던 시간이 앞을 다투며 쏟아져 나왔다.

중동에서 근무하다가 휴가차 잠시 귀국해 있던 한 남자와 맞선을 보았다. 꼭 세 번 만나고 나서 그는 목걸이 하나를 손에 쥐여주더니 이라크 건설 현장으로 날아갔고, 그 후 이어진 편지로 우리는 부부의 연을 맺게 되었다. 겨우 이름만 알던 낯선 남자와 편지로 키운 환상이 어떻다는 걸 미처 알지 못할 때였다. 내용이야 어찌 됐든 일 년 육 개월 간 주고받은 편지가 두툼한 분량이 될 무렵 그가 돌아왔다. 80년대 초에는 편지를 지금처럼 이메일로 간편하게 주고받을 수 있는 시대가 아니었다. 편지지에 정성 들여 쓴 글자가 하나만 틀려도 지우고 버리기를 수없이 반복하며 긴장과 설렘 속에서 쓴 편지, 그 간지럽고 유치한 편지들이 책 한 권 부피로 남았다.

한 남자와 여자가 한국과 이라크라는 물리적인 거리를 사이에 두고 그리움의 불꽃을 사르며 주고받던 편지였다. 그리움이란, 사랑하는 사람에 관한 기억을 마음과 몸 어딘가에 새기는 일 아닐까. 그가 좋아하던 나의 언어를 기억하여 마음에 새기고, 그가 좋아하던 나의 몸짓을 기억하여 몸에 새겼다. 편지에 들어있던 추상적인 남자에게 익숙해진 나는, 어느 날 불쑥 현실의 남편이 되어 나타난 그가 낯설었다. 달콤했던 환상의 껍질을 하나씩 벗겨내며 맵고 짠 현실을 자연스럽게 받아들이기에는 내가 너무 낭만적이었던 걸까. 편지지에 무지갯빛으로 그려진 남자로서의 기억이 전부인 신혼 시절, 나는 말로 내놓을 수 없는 일들을 일기장에 털어놓기 시작했다. 편지로 소통하는 길이 막히자 일기라는 나 자신에게 말을 거는 방법을 택한 셈이었다.

그렇게 우리는 중년의 나이에 이르면서 시간의 힘에 기대어 서로에게 길들었다. 익숙해지니 평화롭고 편안했다. 그러나 삶은 그런 우리를 가만 내버려 두려 하지 않았다. 생의 중심이 뽑히는, 이민이라는 결정을 내리게 했다. 토론토행 비행기에 몸을 싣던 날, 이 땅에서 가치 있고 소중하다 여기던 모든 것을 기꺼이 내려놓을 각오가 되었는지 나 자신에게 물어야 했다. 머리와 가슴은 각기 다른 답을 내놓았다.

남의 나라로 옮겨가는 삶은 가벼워야 한다는 걸 모르지 않았고, 짧지 않은 40여 년간 삶이 응축된 일기도 그중에 하나였다. 이민 오기 위해 이삿짐을 정리하면서 폐기한 일기장만도 몇 권인지 모른다. 고국에서 언어로 남아있던 나의 흔적을 모두 지워버린 경솔함을 후회하며 빈약한 기억력으로 추억을 더듬을 때면, 이국의 외로움이 날카롭게 가슴을 파고들었다. 그럴 때면 용케도 이민 보따리 속에 숨어있다가 이곳까지 함께 흘러들어온 편지 뭉치를 떠올렸고, 그게 집안 어디엔가 있다는 사실만으로도 왠지 마음이 넉넉해지곤 했다.

마음을 달래며 일기를 쓰던 내 안의 작은 공간에서, 이제 나는 다른 장르의 글을 쓴다. 타국에서 이유도 모르게 흔들리는 몸과 마음을 부릴 공간, 사람과 사람 사이에 적당한 거리와 온도를 유지하기 위해 드나들 수 있는 내 안의 외딴 방이 가끔은 필요하다. 그 안에 있는 동안 나는 고독하면서도 평온하다. 그곳에서 낯선 시간을 만나고, 새로운 생각을 얻고, 진정한 나의 모습을 찾으려고 애쓴다. 남편은 이제, 나만의 그곳에 들어오지 않고 내가 나갈 때까지 기다릴 줄 안다. 나 또한 그의 공간을 존중할 줄 알게 되었다.

남녀 간의 편지는 열정이 있을 때 타오를 수 있는 불꽃이다. 우리의 편지는 서른 중반에서 멈춰있다. 앞으로도 편지 쓸 일은 없을 테니 글이 더 늙는 일도 없으리라. 편지를 주고받지 않는 건, 서로를 너무 잘 알고 있어서가 아니라 열정이 사그라져서 그럴지 모른다. 정서적인 온기가 식어가는 것도 늙는 과정 아닐까. 그렇다고 서로에게 관심이 전혀 없지는 않다. 모든 게 시들하고 대수롭지 않게 여겨지다가도 가끔 정스럽게 바라보는 눈빛 같다고 할까. 무덤덤하다가도 옆에 있어 주어 고맙다는 생각을 어느 순간 불현듯, 정말 '불이 현 듯' 하며 살아가는 게 부부로 늙어가는 일인지도 모른다.

우리가 주고받은 편지는 우리 생의 가장 마지막까지 동행하여 어느 한쪽이 혼자가 되었을 때, 남은 이의 온기를 가만히 붙들어주리라. 뜨겁던 잉걸불을 간직한 편지는 언제까지고 식지 않을 테니까. 편지에 등장하는 주인공이 누구였던가 싶으리만치 멀리 와버린 삶이지만, 거기에는 우리의 젊음이 고스란히 녹아있는 '늙지 않는 시간'이 들어있다. 내게 편지는 잠시 돌아가고 싶은 젊음이며, 몸이 기억하고 마음이 추억하는 그리움이다.

'그냥'이라는
말은

아버지의 노래

막상 나가려니 설렜다. 송년 모임이라야 평소에 먹던 음식에 요리 몇 가지 더하고 노래방에서 노래 부르는 것이 고작인데 왜 가슴이 뛰는 걸까. 올해 마지막 모임이고 특별한 날 같아, 옷차림에 색다른 브로치로나마 변화를 주면서 혼자 웃었다. 수필 쓰는 문우들과 함께 웃고 울던 한 해를 보낸 후 맛보는 일탈을 기대했을까.

음식 접시가 치워지고 커피가 나오자 달뜬 분위기가 감돌았다. 하지만 두꺼운 선곡 집을 펼쳐 놓으니 막막했다. 내가얼마나 오랜만에 노래를 부르는 걸까. 그동안의 내 삶이 그만큼 메말랐다는 의미 아닌지. 얼른 한 곡을 고르고 옆 사람에게 넘겨야 할 텐데. 이 많은 노래 중에 아는 제목 하나 못 찾나 싶었다.

다른 이들의 노래를 듣다 보니, '글이 곧 사람'이라는 게 괜한 말이 아니었구나 싶었다. 부르는 노래들이 평소에 쓴 자신의 글을 닮은 것 같았다. 즐겨 듣거나 부르는 노래로 그 사람의 취향이나 성품 정도를 짐작할 수 있다면 비약일까. 어떤 가수의 노래를 여러 곡 듣다 보면 그만의 성정을 엿볼 수 있듯이. 평소에 즐겨 보는 영화나 책으로 그 사람의 성향을 알 수 있듯이.

한 사람이 두어 곡씩 불렀다. 내가 선곡한 마지막 곡은 패티 페이지의 'Changing partners'였다. 앞에서들 팝송을 부르기에 나도 그래 볼까 싶어서 무심히 고른, 대학 시절에 좋아하던 노래였다. 그런데 그 곡을 부르면서, 그게 나의 친정 아버지 노래였다는 생각이 떠올랐다.

이민 올 때 엄마 아버지와 함께 비행기에 올랐다. 주문한 가구가 도착하지 않은 집은 앉을 의자 하나 없이 썰렁했다. 딸네 식구가 살게 될 집을 잠시 둘러보러 오신 아버지는 스산한 타국생활을 짐작하신 듯 별말씀 없이 며칠 동안 뜨거운 커피만 연거푸 드셨다. 짐 정리할 때 지하실로 내려다 놓으려던 노래방 기기만 텅 빈 거실 한구석을 차지하고 있었다.

"이게 뭐냐?" 그리울 때 노래라도 우리말로 부르려고 한국서 사 온 것이라는 내 설명에, "그러냐, 그럼 어디 노래 한 곡 불러볼까?" 하셨다. 아버지가 노래를 부르신다고? 엄마도 의외라는 얼굴이었고 남편은 코드를 꽂으면서도 긴가민가한 표정이었다. 평소에 모였을 때 노래를 부른 적이 없던 우리에게 아버지의 그 제안은 무척이나 낯설었다.

"어떤 곡을 틀까요?" 아버지가 원하는 일본 노래는 선곡집에 들어있지 않았다. 일본 가요가 없다는 말에, 아버지 눈동자에 서운함이 스쳐 지나갔다. 우리말보다 일본말이 더 자연스러운 시대를 사셨으니 그 시절의 정서로만 풀어낼 수 있는, 내가 짐작하지 못하는 무엇이 있었던 걸까.

"내가 어떤 노래 좋아하는지 너, 알아?" 가슴이 뜨끔했다. 아버지 노래를 들은 적이 있던가. 내가 좋아하는 노래를 혼자서 듣고 부르는 데 익숙했지 다른 사람과 같이한 경우는 드물었다. 식구들이 몇 번 노래방에 다 같이 가서 노래한 적은 있어도 그 기억의 공간에 아버지의 존재는 보이지 않았다.

일본 가요가 없으면 패티 페이지 노래가 있는지 찾아보라고 하셨다. 곡명은 'I went to your wedding'과 'Changing partners'. 그 노래를 부르신다고? 나도 가끔 듣던 노래여서 반가웠다. 그런데 아버지가 이 곡을 좋아하신다는 걸 어찌 나는 여태 모르고 살았을까.

내가 잘 안다고 생각했던 아버지의 이면에, 어쩌면 내가 모르는 무수한 내면이 어둠에 가려있었는지도 몰랐다. 가까이 살면서도 기나긴 세월 동안 나는 무엇을 보았을까. 겉으로 드러나는 게 전부가 아니라는 걸 모르지 않으면서도 무심했던 시간. 그 사실을 알게 된들 이제 와 나더러 어쩌라고. 아버지와 나 사이에 사소하지만 소중한 것들을 놓치고 살았을지도 모른다는 자각이 자잘한 가시가 되어 마음을 연신 건드렸다.

아버지는 두 곡을 차례로 불렀다. 여든을 바라보는 은발의 노인이 중저음으로 부르는 노래는 잘 부르지는 못해도 감미로웠다. 두 번째 곡을 부를 때는, 아버지의 젊은 시절에 영화 같은 로맨스가 실제로 있지 않았을까 하는 마음에 슬그머니 엄마 얼굴을 훔쳐보았다. 나는 필요 이상 감정이입이 되면서 감상에 젖었다. 이역만리 떨어진 곳으로 날아온 내가 아버지의 노래를 언제 또 들을 수 있으려나 싶어서, 그게 아버지가 들려준 마지막 노래가 아닐까 싶어서.

우리 집에 다녀가신 지 석 달 만에 아버지는 먼 길 떠나셨고, 정말로 그 노래는 아버지 생전에 부른 처음이자 마지막 노래가 되고 말았다. 'Changing partners'. 내가 오늘 송년 모임에서 그 노래를 부른 게 우연이었을까. 마치 꿈속에서처럼, 나는 노래를 부르면서도 내 목소리는 듣지 못했다. 그건 '아버지의' 음성으로 듣고 싶은 '아버지의' 노래였다. 그 목소리가 얼마나 듣고 싶었던가. 천상에서 울려오는 목소리. 나는 그 노래를 부르며 허공에서 잠시 그분을 만나고 있었던 게 아닐까.

'그냥'이라는 말은

전화를 받으니 친정엄마였다. "여보세요"가 미처 끝나지도 않았는데 엄마는 "그냥 걸었다. 잘들 있지?" 하고 증손주 소식부터 물으며 거긴 지금 잘 시간이겠구나, 했다. 혹시 무슨 일이 있어서 전화를 걸지 않았나, 엄마 목소리로 가늠하며 시계를 보았다. 밤 열두 시 반이니 엄마 계신 곳은 낮 한 시 반. 점심 식사를 궁금해하는 딸에게 엄마는 여전히, "그냥 걸었대도…" 하며 딸의 잠을 방해할까 봐 선뜻 말을 잇지 못했다.

혼자 살다 보니 어떤 날은 종일 입 한 번 뗄 일 없이 하루가 지나더라는 말이 문득 떠올랐다. 멀리 있는 효자보다 가까이 사는 불효자식이 낫다는 말이 괜히 있을까. 엄마는 말 상대가 그리운 거였다. 거긴 밤일 텐데 이제 자야지 자야지, 하면서도 이야기는 그칠 줄 모르고 이어졌다. 여러 번 들은 내용이라 건성으로 듣다가도, 막상 전화를 끊고 나면 무엇인가 뭉텅 사라진 듯한 허전함. 그건 엄마 나이 아흔을 넘기면서부터, 겨우겨우 쥐고 있던 생명줄이 헐거워지고 있다는 나의 불안감 때문인지도 몰랐다.

직장에 다니느라 친정 바로 앞집에 살면서 아이를 맡겨 키웠고, 아이가 다섯 살 되던 해 우리는 먼 곳으로 이사했다. 멀리 사는 딸에게 아버지가 전화할 때면, 누가 뭐라는 것도 아닌데 "그냥 걸었다"는 말을 앞세우던 기억. 맞벌이하는 딸이 늘 종종거리며 바쁘게 사는 걸 지켜볼 수밖에 없는 친정아버지는 그렇게 '그냥' 전화를 걸어 손자 소식도 듣고 딸의 목소리도 확인하고 싶었을지 모른다.

엄마나 아버지의 '그냥'은 그냥이 아니라는 걸 내가 할머니가 되고 나서야 이해할 수 있었다. 내게는 손자가 둘이 있다. 연년생으로 아들 둘을 둔 아들 며느리는 둘 다 정신없이 바쁘게 당연하다. 큰 손자가 두 살이니 상황이 어떠하리라 짐작하고도 남는다. 먹이고 씻기고 재우고 그중 하나를 하는 분주한 시간일지 몰라서, 아니면 잠깐 낮잠이라도 자는 시간이 아닐까 싶어서, 전화할 일이 있어도 나의 아버지나 엄마처럼 나역시 '그냥 걸었다'로 말문을 열게 된다.

그냥 걸었다는 말속에는, 전화 받기에 적당한 상황이 아니면 끊어도 좋다는, 상대에게 부담을 주지 않으려는 암묵적인 배려가 담겨있다. '그냥'은 아무런 이유나 목적 없이 마음을 나누고 싶은 사람, 그런 사이에서 주고받을 수 있는 한국 정서에서나 가능한 단어가 아닐까 생각한다.

오래전에, 여고 동창생이 느닷없이 우리 집을 찾아온 적이 있다. 친한 친구였다. 결혼한 후 연락이 끊겨 한참을 소식도 모르고 지내던 그녀가 한여름에 불쑥 나타났다. 너덧 살 된 아이를 철 지난 누비포대기에 둘러업고 대문을 밀고 들어서던 그녀. 반갑기도 하고 놀라기도 한 나에게 그녀는, 그냥 지나가다가 생각이 나서 들렀다고 했다. 그때가 여름방학 중이어서 나는 집에 있었고 내 아이는 백일을 갓 지났을 무렵이었는데, 서툰 살림 솜씨로 하루하루가 분주하던 때였다. 무엇을 만들었는지 기억도 잘 나지 않는 걸 보면 그 친구에게 별 반찬도 없는 점심을 대접했던 것 같다.

신혼 때 내가 세 들어 살던 양옥집 이층은 무척 더웠다. 에어컨도 없던 여름, 우리는 소파를 놔두고 찬 마룻바닥에 앉아 오랜만에 만난 사이치고는 평범한 일상을 오래 겉돌며 이야기했다. 그녀는 시장 상인들을 상대로 돈을 빌려주는 일을 하는데 수입이 괜찮다고 했다. 그 말끝에 망설이며 무엇인가 말하려다 말고 아이가 너무 더워한다며 해 질 무렵 일어섰다. 그러고는 연락이 다시 끊겼고 나는 그녀를 더는 만나지 못했다.

한참이 지난 어느 날 불현듯, 그녀가 그냥 들른 게 아닐지도 모른다는 생각이 스쳤다. 그렇게 돌려보내서는 안 되는 거였다. 기미가 짙어진 그녀의 얼굴로 그녀 형편을 눈치챘어야 했고, 돈놀이로 수입이 좋다는 말을 곧이곧대로 믿지 말았어야 했다. 꾀죄죄한 아기 포대기가 눈에 아른거렸다. 그녀가 말한 '그냥'은 그냥이 아니었음을 뒤늦게야 알아차리고 나는 오래 자책했다. 그냥 들러도 그녀 가슴에 무엇을 담고 있는지 알아야 하는 사이였음을, 가까운 친구는 그래야 하건마는 그때는 왜 몰랐을까.

누군가 허물없이 자기 말을 들어주었으면 싶을 때, 외롭거나 그리울 때, 그러면서도 상대방을 배려하는 마음일 때 우리는 '그냥' 전화를 걸고 '그냥' 들르기도 한다. 그냥 그러는 사람들에게는 더 세심하고 더 따뜻한 관심이 필요하다. 말 뒤에 가려졌던 그들의 마음이 이제야 보이는 것 같다.

계절을 낚는 강가에서

가을 초입이다. 제대로 불태워보지 못하고 떠나보낸 젊음처럼 여름이 흐지부지 지나갔다. 태양의 열기도 많이 누그러져 산책하기 좋은 계절. 늘 걷던 산책로가 아닌 잡풀 우거진 숲길로 들어섰다. 인생길에서도 가끔은, 익숙한 길을 벗어나 보고 싶을 때가 있듯이 오늘이 그랬다.

수북한 잡풀을 밟으며 걸을 때마다 밟힌 풀들이 납작 엎드렸다. 앞서 걷던 사람들 발걸음에 꺾여 반쯤 누워있던 것들이다. 허리춤에 닿을 만큼 웃자란 풀을 헤쳐가며 어렵사리 걸어갔을 흔적을 보니 묘한 안도감이 들었다. 삶이 내게만 힘든 게 아니었구나 싶었을까. 내가 지나가고 나면 풀이 다시 일어나겠지만, 뒤에 오는 사람은 아마 오늘보다는 분명하게 보이는 길을 걷게 되리라.

길이 끝나는가 싶으면 강물 소리가 들려왔다. 보이지 않는 길을 찾아, 간헐적으로 들려오는 물소리를 따라 걷다가 잠시 멈추었다. 주위를 둘러보니 저만치에 다리가 올려다보였다. 숨차게 걸을 땐 보이지 않다가도 숨을 돌리고 가만히 서 있으면 보이는 것들이 반가웠다. 다 온 것 같았는데 길은 생각보다 멀었다. 그래도 다리라는 목표물이 눈앞에 있으니 걸음이 수월했다.

나는 어느새 강물이 내려다보이는 다리 위에 올라와 있었다. 오는 길 내내 물소리가 크다고 느꼈어도 막상 도달해 보니 넓지 않은 강이었다. 물소리가 큰 걸 보니 수심이 깊지는 않을 것이다. 강가에서 두어 사람이 낚싯줄을 던졌다 감아 들이고 또 던지기를 반복하고 있었다. 위에서 볼 때는 평화롭기 그지없는 풍경이지만 물속에서는 치열한 삶의 현장이 펼쳐지고 있으리라.

제법 긴 시간을 기다린 끝에 어른 팔 길이 정도 되는 연어가 낚싯줄에 걸리면서, 다리 위에서 지켜보던 이들 사이에 안타까움과 안도감이 교차했다. 낚시꾼과 연어와 구경꾼이 등장하는 무대 공연은 극적인 순간의 연속이었고 희비가 엇갈릴 때마다 작은 탄성과 환호가 터져 나왔다. 다리에는 우리 부부보다 먼저 와 있던 사람 서넛이 내려다보며 응원하고 있었다. 누구를 응원하는 걸까. 낚시꾼일까, 낚싯줄에 걸린 연어일까.

한동안 그 광경에 빠져들어 지켜보다가 늙수그레한 남자가 건져 올리려는 은빛 연어와 눈이 마주쳤다. 팔팔한 힘으로 맞서던 연어가 공중으로 튀어 오를 때 몸에서 하얗게 흩어지는 물방울이 연어의 저항만큼이나 세찼다. 그가 줄을 풀자 연어도 저항을 멈추고 순해졌다. 미끼를 물었지만 빠져나갈 방도를 궁리하고 있는지 움직임이 느릿했다.

한때 세상의 흐름을 타지 못하고 쓸데없이 버티면서 소진하던 기억이 올라왔다. 쉼 없이 달라지는 세상의 소리에 귀 기울일 줄 모르고, 손에 쥔 줄을 잠시도 늦추지 않고 단단히 잡고 있어야만 열심히 사는 거라 믿던 시절이었다. 낚시처럼 흐름을 바로 알고 조였다 풀었다 하며 때와 힘을 조절하는 게 삶의 기본일 터인데, 줄이 느슨해지면 물의 흐름에 몸을 맡기고 힘을 아낄 줄 아는 연어가 인간인 나보다 나아 보였다.

낚싯줄이 올라가더니 팽팽한 활처럼 휘는가 하는 순간 그는 다시 줄을 풀어놓았다. 굳게 닫힌 낚시꾼 입술이 결연해 보였다. 지켜보던 이들도 긴장감을 즐기는 듯 숨을 죽였다. 어쩌면 인생의 가을에 접어들었을 낚시꾼, 그가 진정 건지려는 건 무엇일까. 나는 무슨 생각에서인지 그 자리에 오래 머물고 있었다.

하얀 포말을 일으키는 상류의 물살을 닮은 열정의 시간을 살던 때가 나에게도 있었다. 그러면서도 무엇인가 모르게 늘 아쉬웠다. 무엇이 부족했다기보다는, 무엇을 가졌는지 보려 하지 않았거나 못 보았기 때문이리라. 강물은 마치 인생살이를 보여주는 것 같았다. 하류로 내려갈수록 강폭이 넓어지면서 물소리가 깊어지고, 급할 것 없다는 여유를 보였다. 머지 않아 넉넉한 바다의 품 안에 안길 터. 온갖 감정과 욕망에 흔들릴 만큼 흔들리며 하류까지 흘러와 보니, 흔들림 없는 평화에 이르는 과정이 어쩌면 나의 삶 궁극의 목표가 아니었나 싶었다.

원하는 게 무엇이든, 모든 것이 끝난 후 너무 늦게 얻게 되는 경우도 많다. 지금 낚싯대에 걸려 몸부림치는 연어도 어쩌면 생의 여정 그 끝에서나 평화를 얻게 될지 모른다. 낚시에 몰입한 얼굴에 잔잔하게 번지던 낚시꾼 표정이 마음에 남는다. 그는 낚시라는 시간을 통해 자신이 찾던 것을 건졌을까.

계절을 낚던 사람도 연어도 구경꾼도, 모두가 떠난 강에는 물소리만 남아 있다. 막을 내린 무대의 정경이 호젓하다. 시간도 강물도 한번 흘러가면 다시는 돌아오지 않는다는 엄연한 질서. 윤슬로 눈부신 강물이 내 마음을 조용히 지나가며 속삭인다. 내가 살아온 가을도 괜찮았다고, 다가오는 겨울도 그리 춥지만은 않으리라고. 이미 내 안에는 인생의 모든 계절이 다 들어와 있다. 중요한 것은 자연의 계절이나 인생의 계절이 아니라, '내가 진정 어느 계절로 살고 있는가'이리라. 어깨를 스치는 바람이 부드럽다.

가족사진 속의 시간

미국에 사는 외사촌 오빠 전화를 받았다. 내 스마트폰에 들어 있는 우리 가족사진을 우연히 보았는데 내 얼굴이 어쩌면 고모를 닮아도 그렇게 똑 닮았냐며, 처음 보는 순간 고모 젊었을 적 사진인 줄 알고 깜짝 놀랐다고 했다. 고모는 나의 친정어머니를 가리키는 말이었다.

우리가 캐나다에 이민 오기 전, 친정 식구들이 다 같이 모여 외식을 하기로 한 날이었다. 친정아버지는 모두 모인 김에 음식점 가기 전에 가족사진부터 찍자고 했다. 느닷없는 제안에 어리둥절한 우리는 나중에 옷이라도 잘 차려입고 찍자며 내키지 않아 했지만, 아버지는 '나중에'라는 게 어디 있느냐며 강행하셨다. 얼결에 따라나선 우리는 평생 별러서 한 번 찍는 가족사진을 청바지와 후줄근한 티셔츠 차림으로 찍어야 했다.

아버지는 사진을 가로세로 1미터가 넘게 인화해서 전시회에서나 봄 직한 멋스러운 액자에 넣어 벽에 걸어두셨다. 사진 속 우리 가족은 입던 옷차림이라 촌스럽기는 해도, 그래서 오히려 더 친숙하고 자연스러워 보였다. "나중에라는 건 없다"

시던 아버지는, 그때가 마지막인 걸 예언이나 한 듯 이듬해에 이승을 떠나셨고 벽에는 가족사진만 덩그러니 남았다.

세월은 어김없이 흘렀다. 사진 찍을 당시에는 어리던 나의 아들이 캐나다에서 결혼식을 치른 이듬해, 엄마를 뵈러 친정에 갔을 때였다. 아버지 생각이 나서 거실 벽에 걸린 가족사진을 바라보다 마주친 엄마 얼굴. 젊은 엄마가 사진 속에서 웃고 있었다. 엄마라는 존재는 나이 든 노인이어야 한다는 듯, 그날따라 엄마가 젊다는 것이 왠지 눈에 설었다. 엄마 나이가 팔순을 훨씬 넘었고 나 자신이 이미 사진에 있는 엄마 나이가 되어 있어서 그랬을까.

개인의 기억과 경험도 기록을 통해 역사가 될 수 있듯이, 사진 한 장에 담긴 가족 얼굴에서 나는 많은 이야기를 듣고 있었다. 사진 속 시간의 흐름을 읽으며, 젊은 엄마 얼굴에 나의 흔적이 들어있고 사진에 있는 엄마 얼굴이 바로 내 얼굴일지 모른다고 생각했다. 나는 사진에서 눈을 떼지 못한 채, 엄마에게서 나에게로 대물림되어온 삶의 행로를 떠올리고 있었다. 어릴 때는 철이 없어서 그랬을 테고 결혼하고 나서는 바쁘다는 핑계가 있겠지만, 엄마가 지나온 시간을 들여다볼 마음의 겨를이 그토록 없었을까 싶었다. 형체 없이 삭아서 내 몸의 일부가 되었을 엄마의 시간을, 나는 처음으로 가족사진 속에서 발견했다.

훗날 내 아들이 지금 내 나이가 되었을 무렵, 어쩌다 꺼내본 사진 속 젊은 아빠에게서 제 모습을 느낄지도 모른다. 그리고 제 아빠가 처음부터 나이 든 사람이 아니라 주체 못 할 청춘을 살던 존재라는 걸 문득 깨달을지 모른다. 사진 속 아빠를 닮은 제 얼굴과 자기 얼굴에 스며있는 아빠의 시간을 발견하고 과거를 추억하는 아들 마음도 내 심정 같지 않을까.

언젠가 내가 사춘기를 막 지날 즈음, 사촌오빠가 내게 무엇인가를 보여주었다. 거기에는 우리 삶의 어긋난 시간을 노래하는 시(詩)가 적혀있었다.

'아이가 아빠와 같이 놀고 싶어 할 때 젊은 아빠는, 너무 바빠서 나중에, 하며 미룬다. 아이가 자라 어른이 되었을 때 늙고 외로운 아버지가 아들과 같이 시간을 보내고 싶다며 손을 내밀자 아들은, 지금은 너무 바쁘니 나중에요, 하며 미룬다.'

자세히는 생각나지 않아도 대강 그런 내용이었다. 아버지와 아들이 생활에 떠밀려 어긋난 시간을 살다가, 아버지 죽음을 앞두고서야 보이는 늙은 아버지의 외로웠을 시간을 돌아보며 통한하는 시였다. 그 시를 읽고 '나는 그렇게 살지 말아야지' 하고 다짐하던 기억이 나지만, 우리 부모님 삶도 내 앞의 삶도 그리 호락호락하지만은 않았다.

돌이켜 보면 무슨 대단한 삶을 사는 것도 아닌데, 시(詩)에 나오는 아버지와 아들처럼 우리 역시 발밑만 바라보며 '나중에'를 되풀이하지 않는가 싶다. 두 아이를 둔 내 아들은 젊었을 적 제 아빠처럼 숨찬 시간의 궤도를 돌고 있고, 아들 아빠인 나의 남편은 초로에 접어든 아버지가 되어 구부정한 시간

속에 머물고 있다. 그때 읽은 시(詩)처럼 살지 않겠다던 다짐
은 허튼 다짐으로 끝났고, 시 속의 그들과 별로 다를 것도 없
이 황혼에 이른 우리 부부의 시간은 오래 신은 신발처럼 마냥
헐겁다.

　무심하게 스쳐 보낼 뻔한 엄마의 시간을 빛바랜 가족사진
속에서 발견했듯이, 나이가 들어서야 앞서간 세월의 참모습
이 보이기 시작한다. 그게 시간이 주는 힘인가 보다. 젊어서
는 못 보던 소중한 것들을 뒤늦게 알아차리게 되는 눈뜸의 시
간, 그 시간 앞에 내가, 그리고 우리가 있다.

멈추지 않는 놀이

커다랗게 원을 그리듯 사람들이 음악에 맞춰 돌고 있다. 음악이 멈추자 모두 급한 몸짓으로 빈 의자를 찾아 앉는다. 자리를 못 잡은 한두 사람이 주위를 둘러보며 멋쩍은 얼굴로 서 있다가 아쉬운 듯 줄밖으로 물러난다. 간신히 자리를 차지했다고 숨 돌리며 안도할 겨를도 없이 음악은 다시 이어진다.

둥글게 놓인 의자 주위를 한 줄로 서서 걷다가, 음악이 멈추면 빈자리를 찾아서 앉는 게임이다. 의자 몇 개만 있으면 누구나 즐길 수 있지만, 사람 수보다 의자가 하나둘 모자라므로 모두가 다 앉을 수는 없다. 의자가 치워질 때마다 부족한 의자만큼 대열에서 이탈하는 게임이니, 결국 마지막 남은 사람을 위한 의자 하나를 끝으로 게임은 처음부터 다시 반복된다. 역할과 직책을 맡고 있다가도 때가 되면 떠나고 빈자리가 채워지면서 순환하는, 어찌 보면 인생을 닮은 놀이라 할 수 있다.

의자는 자리를 연상시킨다. 자리는 앉은 사람의 임무나 지위와 다름없는 이름이다. 그 너머에는 성취에 따른 부와 명예와 권위라는 후광이 번쩍이며 욕망을 부추긴다. 어쩌면 인간은 의자 본연의 역할보다는 후광에 끌려서 자리를 갈구하는지도 모른다. 앉아 있기 편하고 등받이가 높을수록 귀한 대접을 받을 것이다.

　나의 첫 의자는 등을 기댈 수 있는 등받이도 없이 낮고 소박했다. 어릴 적부터 나의 꿈은 교사가 되는 것이었으니 꿈을 이룬 의자라는 점에서 내게는 값을 매길 수 없으리만치 소중했고 앉아 있는 동안 즐거웠다. 그래서 나는 그 자리가 닳도록 앉아있을 줄 알았다. 하지만 이민이라는 보이지 않는 날개에 나머지 삶을 얹으며, 교사로서 정년을 마저 채우지 못하고 떠나야 했다. 명예퇴직으로 자리에서 물러난 일은 스스로 결정한 선택이었지만 두고두고 가슴이 아렸다.

　캐나다 땅에서 뜻밖의 의자를 발견하면서 교직에 대한 미련을 거둘 수 있었다. 실은 뜻밖, 은 아니었다. 나에게는 교사만큼이나 동경하던 삶이 있었다. 그건 좋은 책을 읽고 삶의 철학이 비슷한 사람들과 커피향 속에서 마음을 나누며 사는 일이었다. 퇴직하면 한쪽 벽면이 책으로 가득한 찻집을 차릴 계획이었다. 하지만 타국의 낯선 문 앞을 서성이며, 이름만 몇 개씩 지어놓은 찻집은 밑그림뿐인 아련한 수채화로 남고 말았다. 비록 찻집은 잡을 수 없는 꿈이 되었어도, 마음 맞는 글벗들을 만나 동경하던 삶을 이루고 있으니 그러면 됐지 싶다.

　내가 인생의 어느 모퉁이를 돌았을 때, 캐나다에 정착할 운명과 마주칠 줄은 예상하지 못했다. 더구나 타국에서 글을 쓰리라고는 상상도 못한 일이었다. 우리 인생에는 그렇게 예기치 못한 운명이나 기적이 도사리고 있어, 삶의 마지막 발짝을 디딜 때까지도 두려움과 설렘을 버릴 수 없는지 모른다.

　나의 생각과 감정을 언어로 풀어놓는 글쓰기는, 타국에서 지친 몸과 정신에 적지 않은 위로와 치유 역할을 했다. 언어로 된 새 생명을 잉태하여 산고 끝에 출산하던 노역도, 그런 과정에서 고통과 희열을 맛보던 경험도, 수필이라는 장르의 글로 교감하는 기회도, 글 쓰는 의자를 발견했기에 가능했다. 내 생에 이 의자만큼 나를 살아있게 한 자리가 또 있을까.

　운명처럼 주어진 의자에 앉아 나는 오늘도 글을 쓴다. 내게 글쓰기라는 행위는 막힌 것을 뚫고 얽힌 것을 풀어주는, 나의 '삶 풀이'에 가깝다. 투박한 통나무 의자이지만, 앉으면 내 몸에 수액이 스며드는 느낌 때문인지 오래 앉아 있어도 싫증나거나 지루하지 않은 친구다. 나무를 살리는 수액의 힘으로 언어의 싹을 틔우며, 지금 내가 앉아 있는 이 자리를 거쳐간 수없이 많은 작가를 생각한다. 그리고 감히 바란다. 내 의자가 기억하는 나의 체온과 체취가 독자에게도 전해지기를.

　음악이 끝나지 않는 한, 의자 놀이는 계속되리라. 지금 이 순간에도 음악이 바뀌면 운 좋게 차지한 사람은 의자에 앉고 그러지 못하면 떠난다. 떠난 이의 체온이 채 가시기도 전에 낯선 체취를 풍기며 몸을 부린 사람도 결국 일어서고, 더는 주인을 만나지 못한 의자는 금 밖으로 밀려 나간다. 음악 소리가 잠시 멈춘 사이에 민첩한 사람은 의자를 차지하고, 찰나의 기회를 놓친 사람은 떠나고. 다시 돌다가 누군가는 앉고, 누군가는 사라지고….

내 인생의 여름

조금 덥기는 해도 산책길이 즐거운 건 들꽃 덕분이다. 들꽃뿐 아니라 크고 작은 생명의 신비를 가까이서 경험하는 일은 교외에 살며 누리는 특혜라면 특혜다. 새들이 제 몸은 보이지 않게 숨긴 채 목청 높여 짝을 찾고, 길섶의 별노랑이들은 납작 엎드려 얼굴을 맞대고 소리 없이 눈길을 주고받는다. 작년에는 이맘때쯤 산책길이 온통 야생당근으로 덮여있어서 하얀 접시들이 하늘에서 떨어져 내린 것 같았는데, 올해는 억새가 그 자리를 점령하고 있어 성급한 가을 냄새마저 묻어난다. 한때 노랑과 보라색 꽃들이 어우러져 꽃 잔치를 벌였던 기억이 나는 걸 보면 식물 사이에서도 우리 눈에는 보이지 않는 기 싸움이 꽤 치열한가 보다. 여름에 또 한 차례 변화가 일겠지.

내 인생의 여름은 어땠을까. 요즈음은 수명이 길어져 인생을 팔십까지 산다고 보았을 때 대략 20세에서 40세가 '인생의 여름'에 해당될 것이다. 그렇다면 나의 여름은 교직 생활로 보내다가 가을 중반쯤에 퇴직하여 이민 왔고, 지금은 인생의 겨울을 코앞에 두고 있는 셈이다. 이제 와 생각하니 그 시절이 나의 절정기였구나 싶지 그때는 그게 인생의 여름인지 겨울인지도 모르고 그저 하루하루 살아내기도 바빴다. 빈약한 기억력인데도 교단에서의 어떤 경험은 비교적 세세한 부분까지 살아나곤 한다. 열정과 자신감으로 고개 뻣뻣이 세우던 시절이 내게도 있었음을 기억해내니 새삼 그립기도 하고 부끄럽기도 하다. 초창기의 10여 년간은 열정만 컸지 시행착오를 거듭하며 이상과 현실 사이에서 좌충우돌하였다. 나름의 교육관을 정립하여 자신을 다스릴 줄 알게 된 중반기의 10여 년 동안이 아마 내 생애의 진정한 여름이었으리라.

이사하면서, 취업을 목표로 하는 고등학교로 전근했을 때였다. 중견교사라는 점을 참작한 건지 기득권에 밀려 그리되었는지 몰라도 학교에서 가장 악명(?) 높다는 학급이 내게 주어졌다. 대개는 특별지도를 해야 할 학생이 반에서 두어 명 있게 마련인데 이 학급은 대부분이 그런 아이들로 구성되었다고 했다. 이사하랴 전근하랴 내 아이 전학시키랴, 부유하는 몸과 마음을 추스르지 못해 한 달 이상을 앓던 시기와 맞물려 직장까지도 애를 먹였다. 그런 와중이어서 부담스럽기도 했지만 '못할 것도 없다'는 오기와 도전 의식까지 발동하여 담담히 받아들였다. 담담했다기보다는 어쩔 도리가 없었다는 게 솔직한 심정이었다.

그들에게 '교사'란, 배우고 따라야 할 '선생'이 아니라 견제하고 제압해야 할 방해물 같은 존재였다. 결석과 지각은 특별한 일도 아니었고 그에 따른 구차한 변명 같은 것도 없었다.

잘못을 인정할 줄 모르고 고개를 외로 꼰 채 삐딱하게 바라보는 시선에 교사인 내가 주눅이 들어 슬그머니 고개를 돌리고 내 호흡부터 가다듬어야 했다. 영화에서나 보던 일들이 가끔 교실에서도 일어났지만, 영화에서처럼 극적으로 해결되는 일은 없었다. 간섭한다 싶으면 보란 듯이 책상을 넘어뜨리며 뛰쳐나갔고 그것은 곧 가출로 이어졌다. 집 나간 아이를 찾아 중국집으로 주유소로 찾아 헤매는 일을 거듭하며 나도 모르게 지쳐갔다. 그 모든 게 불과 두어 달 사이에 일어난 일이었다. 할 수 있으니 자신감을 가지라고 부추기던 희망도 더는 내 편이 아닌 듯했다. 그대로 무너질 것만 같아 출근하려면 겁이 났다.

공부를 가르치는 게 우선이 아니다 싶어 모든 생각을 접고 '그들처럼' 되어보기로 했다. 그저 곁에서 태연한 척 들어주고 함께 웃어주고 울어주는 일도 생각만큼 쉽지 않았다. 속이 끓는 바람에 표정 관리조차 제대로 할 수 없었고, 대화 도중에 끊고 들어가 간섭하고 싶어 얼마 되지 않는 자제심도 바닥날 정도였다. 그러면서도 가면 뒤의 내 얼굴을 들키지 않았을까 싶어 밤이면 불안했다. 나의 억지스러운 노력을 가상하게 여겼는지 측은해서 그랬는지, 한 학기가 지나자 놀랍게도 아이들이 먼저 마음의 문을 열기 시작했다. 교사는 비록 위선일지라도 자신을 제어하며 인내할 필요가 있다는 사실을 아이들이 깨닫게 해준 한 해였다.

내 인생의 절정에서 얻은 값진 교훈은 두고두고 나를 가르

쳤다. 나는 그해의 나머지 기간을 어떻게 보냈는지는 잘 생각나지 않는다. 다만 마지막 날 우리가 부둥켜안고 눈물을 글썽이며 헤어짐을 아쉬워하던 기억, 내가 전근 가면 그 아이들이 '스승의 날' 꽃을 들고 단체로 찾아왔고 이 먼 캐나다에 온 후에도 복잡한 경로를 거쳐 나를 찾아낸 몇 안 되는 제자 중의 하나가 그때의 학생이었다는 점, 그것만으로도 행복이고 보람이라 부르고 싶다.

내 인생의 여름에 빛이 있었다면 그건 내가 사랑하던 제자들 덕이다. 그 치열하던 여름을 어찌 잊을 수 있을까.

하얀 고무신

    아흔이 내일모레인 노모와의 장거리 여행은 잠시도 긴장을 늦출 수 없게 했다. 기차로 두어 시간 거리에 있는 온천과 절 중에서 엄마가 택하신 곳은 절이었다. 공기 맑은 곳에서 소박한 절밥 먹으며 한 이틀 정도 머물면 좋을 것 같아 찾은 곳. 부처님 품 안에 있다고 생각하면 엄마 몸도 마음도 안정을 느낄 수 있을 것 같아, 절은 호텔 대신 택한 숙소인 셈이었다. 산나물 무침과 된장국으로 저녁을 먹고 나니, 일찍 찾아 든 어둠에 산사는 이미 지척을 분간하기 어려울 정도였다.

    따끈한 온돌에 누워있으니 몸이 노곤해지며 잠이 오려 했다. 그때 엄마가 난감한 표정으로 화장실에 가고 싶다고 하셨다. 얼마나 멀리 떨어진 곳에 해우소가 있었는지 기억해 내며, 전등 하나 없는 어둠 속에 지팡이에 의지해 한 발짝씩 더듬어서 갈 일을 생각하니 아득했다. 절에서는 화장실을 해우소(解憂所)라 부른다. 근심을 해소하는 곳. 비울 것을 비우지 못하고 몸 안에 지닌 것도 근심은 근심일 터.

    얼른 가서 엄마의 근심을 해결하고 와야 할 텐데 싶어 몸을 반쯤 일으켜 방문을 조금 열고 밖을 내다보았다. 문풍지 우는 밤, 바람도 추운지 문을 열기가 무섭게 방으로 밀고 들어왔다. 바깥은 겁이 날 만큼 깜깜했다. 안마당에서 두 줄로 나란히 걷고 있는 승복 밑으로 슬쩍 보이는 고무신이 적요 속에 하얗게 드러났다. 어두워서 더 하얗게 빛났을 저 발걸음이 지향하는 것이 설법에서 듣던 무명(無明)을 밝히는 일 아니었을까.

뜻밖에 마주친 하얀 고무신은 나를 스물 몇의 젊은 시절로 데려다 놓았다. 나는 대학 졸업하던 해에 시골 학교로 발령받았다. 주체하기 어려운 열정이 뿜어 나오던 때였고, 자취하며 혼자 생활하니 모든 시간과 에너지를 학생에게 쏟아 붓던 때이기도 했다. 내 종교가 불교라는 걸 학생들이 어떻게 알았는지, 읍내 절에서 매주 갖는 법회에 참석해 달라고 요청했다. 그들의 마르지 않는 열성은 법회뿐 아니라 특별한 행사에도 내가 일일이 관여하지 않을 수 없게 만들었다. 나는 그 시절을 생각하면 지금도 가슴이 뜨겁다.

불교학생회를 맡은 지 몇 달 만에 근처 큰 절에서 주최하는 수련 법회에 학생들을 인솔하여 참가하게 되었다. 절에서 일주일 동안 스님들 일상을 그대로 체험하며 강도 높은 훈련을 받는 수련회였다. 뜨거운 피가 끓던 아이들은 1,080배에 도전한다고 야단인데, 내 체력으로는 108배를 하는 일도 까마득했다. 절을 하는 행위 자체가 모든 것을 비우고 자신을 낮추는 일이다. 바닥에 무릎 꿇고 고개 숙여 이마를 땅에 닿게 하면서 허세와 교만에 차 있을 수는 없지 않을까. 108번 절을 함으로써 자신을 낮추고 겸허해지는 경험, 그건 경험 이상의 의미였다.

내가 체력을 안배하며 백팔 배를 다짐하던 중에 그만 다른 곳에서 사달이 나고 말았다. 무리한 끝에 학생 하나가 쓰러진 거였다. 하필이면 덩치가 제일 큰 학생이었지만 인솔 교사인 나로서는 그런 것을 의식할 겨를도 없었다. 무슨 정신으로 내 몸집보다 훨씬 큰 그 아이를 둘러업고 스님들이 거주하는 안채까지 뛰어갈 생각을 했는지.

벌벌 떨리는 가슴으로 스님 거처에 도착했을 때 내 눈에 들어온 하얀 고무신. 댓돌에 가지런히 놓인 정갈한 고무신 앞에서, 나는 업은 학생을 내려놓을 생각도 못 한 채 가만히 서 있었다. 숨을 고르면서 잠시 안도할 수 있었던 것은, 고요 속에 평온하게 걷는 고무신을 보았을 때 언젠가 받은 인상이 깊이 새겨져서였을지도 모른다. 저 신을 신는 스님들 손에 맡긴다면 어떤 생명도 안전하리라는 막연한 신뢰가 내 안에 있었던 게 아닌지. 그 와중에도 고무신이 보였다니.

경험이 없는 초임 교사에게, 우는 바람 소리는 길고 잠은 멀리 있었다. 끝없는 나락으로 떨어질 것만 같던 밤. 잠든 학생의 얼굴을 들여다보며, 괜찮을 것도 같고 불안하기도 하여 밤새 바깥을 내다보면서 하늘이 열리기를 얼마나 바랐던가. 그날 새벽, 발소리 하나 없이 깊은 침묵 속에서 이어지는 하얀 걸음이 눈에 들어왔고, 억겁을 한결같이 걸었을 고무신 행렬을 보자 불안하던 마음이 차츰 가라앉았다. 하얀 고무신을 보니 그때의 기억이 문득 다가온 것이다.

밤이 깊어가며 생각도 깊어진다. 가볍게 코 고는 소리에 돌아보니, 잠든 엄마 얼굴이 평화롭다. 모든 역할을 벗어놓고 잠든 노모의 얼굴에서 평화로움 너머의 고독을 읽는다. 내 유년시절의 젊은 엄마는 늘 한복차림에 하얀 고무신을 신고 있었다. 스님들 고무신처럼 하얗고 정갈한 신이었다. 세속과 승가라는 차이가 있을 뿐 삶의 방향을 일러주고 이끌어준 고무신이었을 터. 스님들의 하얀 고무신과 엄마의 고무신이 눈앞에 갈마든다. 구십 평생 신고 걷느라 닳고 닳았을 신으로 엄마는 앞으로 얼마나 더 걸을 수 있을지. 바스락, 창호지에 어른거리는 나방 한 마리, 그림자가 낸 소리인가. 잠들지 못한 밤이 길다.

엄마를 꿈꾸었을 연어

가을이 익어가는 산길을 걸었다. 올해는 단풍이 좀 늦는지 푸르스름한 냄새를 몸에 가둔 채 얼굴만 붉히고 있었다. 어느 길로 갈까 하다가 강물을 역류하던 연어를 정자에서 내려다 보던 생각이 나서 그리로 향하는 좁은 숲길로 접어들었다. 알을 낳으려고 사력을 다해 수천 리 길을 헤엄쳐 올라가는 연어들. 조금 늦게 도착한 연어 몇 마리가 부지런히 강을 거슬러 올라가고 있었다. 바다를 꿈꾸며 떠난 치어들이 제 태어난 곳을 기억하며 찾아오는 곳, 강은 돌아오기 위해 떠난 삶을 마무리하는 고향이기도 했다. 나는 삶과 죽음을, 생장과 종식을 따로 분리하지 않고 한꺼번에 의식하는 일에 아직도 낯설다. 그런데 강에는 그렇게 삶의 시작과 끝이 하나로 맞물려 순환을 거듭하고 있었다.

어디쯤이 알 낳는 곳일까 궁금해진 마음에 강을 따라 무작정 걷다가 샛길로 들어섰다. 내가 '바람의 숲'이라 이름 붙인 숲길이기도 했다. 강의 시원점 어디쯤에서 어미 연어들의 생이 끝나고 있을 장면을 조금이라도 늦게 마주치고 싶어 차라리 강물이 계속 이어졌으면 하는 마음이었다. 그런데 죽어있는 연어가 벌써 보이기 시작했다. 싱싱한 비늘에서 윤기가 채 가시지도 않아 햇빛에 반짝거리는데, 몸체는 자는 듯이 물속에서 영면하고 있었다. 숨을 헐떡이며 상처투성이 몸으로 어떻게든 저 태어난 곳까지 찾아와 알을 낳고 죽었을 어미 연어일 터였다. 장엄한 여행 끝에 생의 목표를 달성한 연어의 마지막 모습이 저렇구나. 강을 거슬러 올라가면서 어미 연어들의 죽음을 담담하게 마주쳐보기로 했다. 한 시간쯤 걸었을까. 여울목에 이르자 거기에서 정말 놀라운 광경이 벌어지고 있었다.

중앙에 물이 깊은 곳을 택하여 연어 두 마리가 헤엄쳐 올라가는 중이고, 다른 한 마리는 물가 쪽 물살이 여린 곳에 알을 낳고 있는지 꼼짝도 하지 않았다. 주변에 산란을 마치고 죽은 연어 몇 마리가 보이는데 몇몇은 이미 부패하기 시작한 상태였다. 세상에 이런 곳도 있었구나! 알을 낳겠다고 그곳에 들어오는 어미들이 있는가 하면 한쪽에서는 낳느라고 몸부림치고, 산란을 마치고 죽은 어미와 그들의 썩어가는 몸뚱이가 모두 한곳에 뒤엉켜 있는 이곳이 대체 어디인가. 세상의 문을 여는 생명이 있으면 닫고 떠나는 생명도 있게 마련이라는 삶의 이치를 모르지는 않았다. 연어에게는 열고 닫을 생명의 문이 강물에 존재한다는 것만 다를 뿐인데 마음이 왜 이리 착잡한지.

가까이 다가가 알을 낳고 있는 연어를 눈여겨보았다. 돌 틈에 몸을 묻고 꼬리의 움직임조차 억제하며 기진한 듯 조용히 누워있었다. 그러다가 몸을 뒤집어 몇 번 세차게 파닥거리고는 다시 그 자리로 돌아가 가만히 누워있기를 거듭했다. 뭘까 저 파닥거림은. 산통이 오는 순간의 몸부림일까. 나도 안다, 아이를 분만할 때의 그 통증이 어떤지를. 밑도 끝도 없이 죽을 듯이 아프다가도 언제 그랬냐는 듯 아주 잠시 축복처럼 찾아오는 평온함을. 그리고 찰나의 평화로움이 그렇게 달콤할 수가 없다는 것까지도. 어미 연어의 미친 듯한 몸부림과 죽은 듯이 누워있는 순간의 의미를 이해하고도 남았다.

인간의 경우는 산란과 죽음이 잇닿아있는 연어와는 다르리라. 아무리 힘들어도 산통을 견디어내기만 하면 산모에게 어머니라는 보상이 주어진다는 것을 알고 있기 때문이다. 출산을 마치고 내 아이가 커가는 모습을 얼마나 벅찬 기쁨으로 지켜보았던가. 아이를 낳고 엄마가 되어보지도 못한 채 바로 죽어야 하는 어미 연어의 운명이었더라도 내가 그 무지막지한 산통을 의연하게 견딜 수 있었을까.

방금 도착한 연어가 알을 낳고 죽어있는 연어를 발견하면 무슨 생각을 할까. 본능적으로 죽음을 예견하여 허망할까, 아니면 동료의 죽음을 목격하면서도 자신은 죽음에서 예외인 듯 무심할까. 연어의 속내가 정말 궁금해서가 아니다. 다만 삶의 덧없음을 잠시 생각했을 따름이다. 자신의 생명을 낳아놓고 바로 이별한다는 게 어떤 의미인지, 자식을 두고 삶을 포기한 표정이 어떠한지 보여주는 듯한 어미 연어의 주검을 보자 가슴이 뻐근하고 맥이 풀려 한참을 일어서지 못했다.

자연스러운 세상의 질서가 당연하다 여기면서도 가끔은 두려울 때가 있다. 그러나 그 어떤 것도 머물지 않고 시간에 엎혀 강물처럼 흘러간다. 기쁨이나 행복뿐 아니라 슬픔이나 고통 역시 언제까지고 머물지는 않는다. 머물지 않고 흘러간다는 게 때로는 고맙고 위안이 된다.

어느 물고기의 독백

나는 물고기였다. 어부가 쳐놓은 그물에 걸려 횟집으로 팔려 와 도마에 눕는 순간 나의 이름은 물고기에서 생선회로 바뀌었다. 머리부터 잘린 후 몸에 칼이 들어오는 게 물고기가 횟감이 되는 평범한 수순이었다. 그런데 나는 두꺼운 나무 도마에 몸을 눕히자마자 눈동자 한번 돌릴 겨를도 없이 정신을 잃었다. 의식을 회복했을 때 내 몸의 껍질은 이미 벗겨져 있었고, 하얗게 드러난 알몸이 회로 저며지고 있었다.

더는 생명이 없는 하얀 살덩이가 된 내 몸을 바라보았다. 한때 나는 저 살과 뼈로 대양을 가르며 부러움 없이 헤엄쳤지. 때로 수면 위 공중으로 뛰어올라 세상을 내려다보기도 하고 때로는 심연의 바다에 닿을 만큼 깊이 은신하기도 했다. 터질 듯 부레를 부풀려 보란 듯이 우쭐거린 적도 있고, 한없이 작아져 위축되기도 했다. 뚜렷한 목적도 없이 다른 물고기보다 더 빨리 더 멀리 헤엄쳐 먼 바다까지 나아가 터를 잡고 지내는 동안에는, 뭍 가까운 바다를 벗어나지 못하는 고기들의 부러움을 사기도 했다.

어렴풋이 사람들 말소리가 들렸다. 아직 살아있어. 살 속

깊이 파고들던 벼린 칼날의 섬뜩함이 살점을 한 점 한 점 도려내는 장면을 눈 뜬 채 지켜보던 시간. 눈을 감을 수도 깜빡거릴 수도 없는 물고기의 숙명에 저항할 도리가 없었다. 육신을 잃은 머리만으로도 정신을 오롯이 지킬 수 있을지 겁이 나면서도, 정신만 차리면 괜찮다고 들은 기억도 나고 갈피를 잡을 수 없었다. 한때 배고픈 자의 내일이 되기를 꿈꾸기도 했고, 누군가의 생명을 부르는 힘이 되리라며 삶의 의미를 찾기도 했다. 그러나 납득하기 어려운 이유로 내 머리가 잘리지 않고 몸통에 매달려 있어야 하는 게, 내 삶의 끝에서 마주친 현실이었다.

피 한 방울 보이지 않는 말간 살점이 등뼈 위로 나란히 배열되었다. 나는 그게 내 몸이라는 것도 잠시 잊고 바라보았다. 정교하게 만들어진 나무 그릇 위에 오른 내 몸은 예술작품처럼 아름다웠다. 말쑥한 정장으로 차려입은 손님들 앞에 놓이자 정신이 가물거렸다. 나는 몸이 다 사라질 때까지 머리는 살아있어야 하는 물고기였다.

누군가 차가운 물을 내 머리에 끼얹는 동시에 불이 확, 붙는 느낌이 들었고 나는 진저리를 쳤다. 그들이 마시던 술이라는 액체였다. 저 차가운 것을 마시면 몸은 불같이 뜨거워지고 정신이 몽롱해진다는, 그래서 시간을 잊고 세상을 잊는다는 마법의 물. 나는 왜 저들처럼 잊을 수 없는 걸까. 차가운 액체가 머리에 쏟아지자 오히려 정신이 깨어나며 잃어버린 시간이 생각났고 잠시 잊고 있던 낯익은 과거가 눈앞에 다가왔다.

치어 시절, 엄마 곁에서 헤엄칠 때 세상은 온통 신기한 놀이터였고 하는 것마다 재미있는 놀이였다. 하지만 엄마 곁을 떠난 후, 큰 물고기에게 먹히지 않고 살아남기 위해 노는 법을 잊어야 했다. 그때부터 삶은 의무였고 세상은 놀이터가 아니라 전쟁터였다. 놀이를 잃은 삶은 맵고도 짰다. 거친 세상을 경험하며 어른이 되었고 어느 날 나는 엄마가 되어 있었다. 알을 낳으려는 산통으로 몸부림치던 시간도 견디다 보면 지나간다는 것을 깨달았고, 부화하여 새끼가 커가는 과정을 지켜보며 사랑하는 법과 인내하는 법을 배웠다. 그물에 걸려 여기까지 오기는 했어도 돌이켜보면 참으로 많은 추억이, 지나간 내 삶의 공간을 채우고 있었다.

목이 말랐다. 고향의 물 한 방울만 있어도 생의 마지막이 이토록 외롭지는 않으리. 갈증이 외로움을 부르고 외로움은 갈증을 불렀다. 돌아갈 수 없는 시간을 탐하는 몸을 부질없이 뒤척이며, 영롱한 정신을 원망하기도 했다. 비록 몸은 허물어졌어도 의식이 살아있으니 이대로 떠나도 좋을 만한 삶이었다고 위로할 수는 없을까. 생명 가진 것들의 숙명이 다 똑같지는 않을지라도, 내가 죽음 앞에서 이토록 목말라하며 외로움을 느끼듯 인간의 삶 그 끝자락은 결국 외로움이 아닐까.

식사가 끝나가도록 그녀는 생선회에 젓가락 한번 대지 못하고 앉아있었다. 자세를 곧추세워 흐트러짐 없이 앉아있어도 몸 안에 담긴 그녀의 정신은 연신 흔들렸다. 몸통을 잃고도 정신이 살아있는 생선회를 보며 육체와 정신의 균형을 생각한 것일까. 육체보다 정신을 우위에 두고 살아온, 젊지 않은 그녀 영혼이 나만큼이나 혼란스러울 수 있으리. 내면을 가꾸다 보면 겉으로도 스며 나오는 법, 그러나 겉을 잃고 속만 남은 삶도 삶이라 부를 수 있을까. 한창 달아오른 불그레한 분위기에 아랑곳없이 밖에는 어둠을 재촉하는 하루가 저물고 있었다.

아버지와 아들

숲길을 걷고 있다. 꽤 오래 걸어도 사람은 보이지 않는다. 어둑해지는 해넘이 시간이라 그럴까. 강가 쪽으로 걸음을 옮겨 본다. 이미 나무 위쪽은 어둠에 물들었고 발그레 익은 홍시빛 노을이 나무둥치 쪽을 띠처럼 두르고 있다. 숲은 이제 얼마 남지 않은 오늘 하루치의 빛을 붙들고 주어진 시간을 마무리하려나 보다.

강기슭에 거무스레한 물체가 보인다. 윤곽만 드러나는데 두 사람이 앉아있는 모습이다. 무슨 말인지 알아들을 수는 없어도 늙수그레한 남자와 청년인 듯한 젊은이 목소리가 들려온다. 아버지와 아들 같다. 나직한 그들 음성이 물소리와 어우러져 화음을 이루며 강물을 따라 흐른다. 진지한 대화를 나누는 듯하다. 무슨 이야기를 하고 있을까. 나는 방해가 될까봐 발소리를 누르며 멀찌감치 떨어져 걷다가, 근처 바위에 걸터앉아 오래전에 지나간 우리 가족의 시간을 생각한다.

이민 오기 바로 전 해였다. 우리 부부는 고국을 떠나기 바로 전까지도 이민을 결정한 게 잘한 일인지 아닌지를 두고 고민했다. 남편이 맏아들이라는 점이 가장 큰 걸림돌이었다. 남편은 직장을 정리하기에 앞서, 캐나다에 미리 가서 공부하고 있는 아들을 만나러 갔다. 두 달 동안 아들과 생활하다 한국으로 돌아오는 길, 둘 다 표현하는 일에 익숙지 않은 그들은 공항에서 무척이나 어색한 작별 인사를 나누었나 보았다. 출국장에 들어서다 힐끗 돌아본 남편 시야에 아들 눈시울이 붉어지며 눈물이 핑 도는 게 들어왔고, 그 순간 남편 가슴이 울컥했다. 그건 자식이 부모 나이에 이르러보지 않고서는 이해할 수 없는 마음이리라.

비행기를 타고 오는 열네 시간이 남편에게는, 아들과 함께한 소중한 시간을 돌이켜보며 자신의 삶과 가족의 의미를 새삼 생각하는 계기가 되었다. 사는 게 뭔지 가정이 어떤 의미인지 생각할 겨를도 없이 살아온 50년 가까운 세월을 되돌아보며, 드물게 혼자만의 시간을 가졌다. 헤어지며 울음을 참는 네 눈을 보았을 때, 나는 고국에서 지니고 누리던 모든 것을 다 버리더라도 가족이 함께 모여 살아야겠다고 마음을 굳혔지. 남편은 그날로부터 십여 년이 지난 어느 저녁 식탁에서 성인이 된 아들에게 담담하게 풀어놓았다.

나는 남편과 아들이 두런두런 이야기하는 모습이 보기 좋았다. 밥을 먹을 때나 가구를 조립할 때, 눈을 치우거나 드라이브하면서도 그들은 낮은 목소리로 대화를 나누며 나이 차이 많은 형제처럼 지내곤 했다. 가족이 함께하는 시간도 좋지만 나는 그들 부자의 오롯한 시간이 훗날 얼마나 소중한 추억으로 살아날까 싶어 될 수 있으면 그들만의 시간을 많이 마련해주려 했다.

강가에 있던 그들도, 이 땅의 많은 아버지와 아들이 이런저런 이유로 미루고 있을지도 모를 대화를 나누고 있지 않았을까. 멋모르고 태어난 어린 생명이던 아들이 이제 성인 문턱에 들어설 만큼 의젓하게 자랐으니, 나이 든 아버지가 들려주고 싶은 이야기인들 오죽 많을까. 세상 문을 먼저 연 아버지로서, 그가 숨 쉰 세상의 대기와 발이 닳도록 밟고 다닌 흙에 대해 해주고 싶은 말은 또 얼마나 절절하겠는가. 엄마가 해줄 수 있는 말이 있고 아버지밖에 해 줄 수 없는 말이 따로 있거늘, 아마 그런 말을 하고 있었으리라. 그들 곁을 지나오면서 나는 젊은이 엄마는 어디에 있을까 하는 의문이 잠시 스쳤었다. 그러나 그 엄마도 어쩌면 나처럼 부자만의 시간을 마련해주었을지 모른다고 생각하니 마음이 놓였다.

아버지와 아들 사이의 정이란 아마 그런 것일 터. 서로의 가슴 밑바닥에 묵직하니 들여놓은 잉걸불 같은 것. 겉으로 드러나지는 않아도 늘 가슴 어딘가에 조용히 살아있는 잠재적인 불꽃. 행복하고 편안할 때는 있는 줄도 모르다가도, 아프고 시린 바람이 불면 어디에 그리 큰 불씨가 있었느냐 싶게 강한 불길을 일으켜 무서운 힘으로 서로를 감싸고 보호하는 존재, 그런 관계가 아버지와 아들이 아닐는지.

숲을 한 바퀴 돌아왔는데도 그들은 아직 자리를 정물처럼 지키며 대화에 빠져있다. 그 정도로 오랫동안 잔잔히 대화를 이어갈 수 있는 관계라면 안심해도 좋을 부자간일 것이다. 그런 소중한 시간은 아무나 가질 수 있는 게 아니다. 그들은 오늘 강가에서 나눈 시간을 오래 기억하며 각자의 인생길을 걸어가리라. 그리고 어쩌면, 아들이 지금 제 아버지 나이가 되었을 즈음에는, '아버지 마음'을 이해하게 되리라. 절대 기다려주지 않는 세월의 야속함까지도.

구속된 자유

시간의 흐름과 흔적을 따라가 보는 일은 흥미롭다. 미켈란 젤로의 노예 조각상들을 보면서 경험한 일이다. '죽어가는 노예', '묶여있는 노예', '반항하는 노예' 등 그의 노예 작품들은 미완성인 채로 묵묵히 세월을 견디고 있다. 바위를 다 다듬지 않은 상태로 몸의 일부만 조각된 노예들은 자신의 몸 뒤에, 혹은 아래에 무거운 바윗덩이를 매단 채 고뇌하는 모습이다.

"나의 조각은 돌 속에 들어있는 형상을 해방시키는 것이다"라고 말한 미켈란젤로는 인간을 짓누르는 돌덩이를 떼어내 줌으로써 구원의 손길을 내밀고 있다. 어쩌면 그가 수십 년에 걸쳐 조각을 통해 이루고자 한 '해방'이란, 당시 교황이 바뀔 때마다 흔들릴 수밖에 없던 조각가로서의 예속된 자신의 운명을 가리키는지도 모른다.

'죽어가는 노예'의 얼굴은 의외로 평온하다. 영어(囹圄)의 몸을 벗어난 후련함 때문일까. 체념의 회한도 허무도 없는 듯 편안한 얼굴이다. 먼 곳을 바라보는 그의 시선을 따라가 본다. 허공을 향한 그의 순한 눈빛이 무엇을 응시하는지 알 수 없지만 더는 두려움도 없어 보인다.

머리 부분이 미완성인 아틀라스 조각상 앞에서 나는 한동안 시선을 움직이지 못한다. 신체의 다른 부분은 정교하게 다듬어져 금세라도 달려갈 듯 생동감이 넘치는데 머리는 아직 형상화되지도 못한 원석 그대로이다. 머리에 들러붙은 돌덩이는 무엇을 의미할까. 속박의 굴레를 벗어버리려고 안간힘을 쓰는 모양 같기도 하고, 영혼의 무게를 이기지 못해 두 팔로 떠받치고 있는 형상 같기도 하다. 잘 다져진 근육질은 금방이라도 살아나 꿈틀거릴 것만 같은데, 자유를 희구(希求)하던 머리는 여전히 둔중한 돌멩이에 지나지 않는다. 어둠에 갇혀있던 영혼이 차갑고도 좁은 길을 탈출해 태양을 향해 열리는 순간, 정지된 시간 앞에서 얼마나 절망스러웠을 것이며 사고(思考)를 빼앗긴 육신의 몸부림 또한 얼마나 처절했겠는가. 조각가는 왜 머리 부분만 미완(未完)으로 남겨놓았을까.

가슴이 묶인 노예는 대체 어떻게 이해해야 할지 모르겠다. 보통 우리는 육신의 움직임을 제한하고자 할 때 손이나 발을 묶는다. 그런데 가슴이 묶여있다는 의미는 무엇인가. 눈물 흘릴 줄 아는 심장을 묶어버린, 인간의 광기 어린 발상을 보는 느낌이다. 이는 인간이 가슴으로 할 수 있는 모든 것에 대한 구속을 의미한다고도 볼 수 있다. 자연스러운 순환을 거부당한 혈관의 피가 제 갈 곳으로 흐르지 못한 채 가슴에 고여 있는 상상을 하게 된다. 노예는 이성을 통제하는 억압보다 감성이 담긴 가슴을 묶이는 구속이 더 견디기 힘들었을지 모른다.

미켈란젤로는 의도적으로 작품을 미완성으로 남겨둠으로

써, 관객들이 가시적인 감상 단계를 넘어 조각가와 정신적인 공감대를 형성하는 단계까지 예상하지 않았을까. 조각상들을 보며 몸과 마음을 결박하는 돌덩이로부터 해방시켜주고 싶은 게 나만의 생각은 아니리라.

그의 미완의 노예들은 인간의 자유와 억압뿐 아니라 삶과 죽음에 대해, 그리고 의식과 무의식에 대한 무서운 은유를 품는다. 그렇다면 그는 왜 자유를 억누르는 돌덩이들을 말끔히 제거해주지 않았을까. 인간에게 '완전한 자유'란 불가능하다고 외치고 싶었을까.

어쩌면 인간에게 내재하는 절대 자유에 대한 두려움이, 속박의 상태를 벗어나지 못하도록 무의식중에 제어하는 게 아닌지. 적당한 구속에 길든 타성을 버리지 못해, 자유를 갈망하면서도 자유를 두려워하는 아이러니를 어떻게 설명할 수 있을까. 시간이나 관계의 구속력으로부터 진정 자유로울 수 있는 삶을 꿈꾸는 인간에게, 미완성 노예 조각상을 통해 답을 함께 찾아보자 하고 싶었는지도 모른다.

미처 빠져나오지 못한 육신이 내지르는 예리한 비명은 긴 세월에도 잦아들지 않는지. 나는 발걸음을 돌려 조각들과 거리를 둔다. 어디선가 베르디의 '히브루 노예들의 합창'이 환청처럼 들려온다. 잔잔하고 나직하던 합창 소리가 지축을 흔들어놓기라도 하려는 듯 차츰 장엄한 울림으로 메아리치며 퍼진다.

10월의 어느 멋진 날에

 햇살이 커튼 틈새로 들어와 잠을 깨웠다. 커튼을 젖히자 기다렸다는 듯 화사한 빛이 밀고 들어왔다. 바리톤 가수 김동규의 '시월의 어느 멋진 날에'를 들으며 좀 더 누워있었다. 가을을 타는 내가 날씨가 서늘해지면 한때 아침 의례처럼 듣던 노래였다.

 "눈을 뜨기 힘든/ 가을보다 높은/ 저 하늘이 기분 좋아/ 휴일 아침이면/ 나를 깨운 전화/ 오늘은 어디서 무얼 할까." 나를 깨운 가을 햇살, 오늘은 어디서 무얼 할까. 숲으로 가자.

 거기까지였어야 했다. 시월의 어느 멋진 날이 되려면. 현관문을 여는데 발밑의 느낌이 뭔가 수상쩍었다. 깨알만 한 개미 대여섯 마리가 분주히 오가고 있었다. 쪼그려 앉아 어디서 나왔는지 살펴보니 조그만 구멍이 눈에 띄었다. 테이프를 가져다 개미를 붙여서 버리고, 다닐 만한 통로를 막았다. 개미들은 멋모르고 나왔다가 영역 침범이라는 죄목으로 죽어야 했다.

 "여기는 우리 집이야. 너희는 집밖에서 살 데를 찾아야지 왜 안에까지 침입해 들어왔어." 미안한 마음이 들었지만 내

집을 지키기 위해서는 어쩔 수 없었다는 변명 아닌 변명을 했다.

숲으로 차를 몰았다. 은사시나무의 노란 잎들이 살랑거리며 소슬바람 소리를 냈다. 아침 바람은 청량했고 노란 잎과 파란 하늘로 눈부신 가을이 가득했다. 숲길로 들어서는 길바닥에 흙무덤 미니어처를 닮은 것들이 즐비했다. 개미가 땅속에 동굴을 파면서 퍼낸 밤톨만 한 흙무더기들이었다. 저 아래 얼마나 많은 개미가 모여 살고 있을까. 평소에는 무심히 지나치던 광경이었다.

사회를 이루고 사는 개미 이야기, 베르나르 베르베르의 소설 〈개미〉 생각이 났다. 인간에게 개미는 귀찮고 하찮은 존재이지만, 개미 세계에서는 인간이 마치 전지전능한 신처럼 군림했다. 일단 인간 몸집이 개미의 상상을 초월할 정도로 거대하다는 점을 무시할 수 없었다. 개미 입장에서는, 거구의 체격을 한꺼번에 볼 수 없다는 점에서 인간이라는 존재를 신격화했을지 모른다. 엄지손가락 하나면 개미 세상을 통째로 초토화하는 괴력을 지닌 신이었으니. 눈으로 확인할 수 없는 정체불명의 존재에 막연한 두려움과 경외심을 느끼는 건 개미나 인간이나 다를 바가 없어 보였다.

어쩌면 장난감 같은 저 숱한 흙무더기 아래에 개미 사회가 질서정연하게 돌아가고 있을 터였다. 무의식중에 밟아서 무너지기라도 하면, 담당 개미가 지진 경보 페로몬을 발사하지 않을까. 인간이 조깅할 때마다 울리는 굉음에 놀라, 신이 분

노했다는 소문을 퍼뜨리는 개미도 있겠지. 소문만 듣고 우왕좌왕하는 개미들에 인간 모습이 겹쳐왔다. 판단력 부족이나 무지가 부른 비극은 어느 세계에도 있는 일이다. 산책하던 개가 홍수를 낼 수도 있을 텐데, 개미 사회에서는 그 홍수와 냄새의 정체를 무엇이라고 분석하여 보도할지. 길섶의 키 작은 들꽃도, 흩날리는 단풍도 오늘은 눈에 들어오지 않았다. 오나가나 개미만 보였고 개미 생각만 하며 걸었다.

숲에서 돌아오는 길에 남편은 조용한 음악을 틀더니 오늘 본 것들에 관해 대화를 나누고 싶어 했다. 단풍과 은사시나무와 들국화를, 하늘을 빙빙 돌던 매와 나무를 타던 다람쥐 이야기를 했다. 그중에 내가 본 건 아무것도 없었다. 나는 발끝에 짓밟히던 개미집과 돌멩이 밑에 떼로 몰려 오글거리던 개미 기억만 났다. 남편과 나는 같은 공간에서 그렇게 다른 세계를 보고 온 거였다. 집을 나설 때 개미를 죽이고도, 그랬다는 사실조차 잊은 줄 알았는데 그게 아닌가 보았다.

운전하던 남편이 갑자기 앗, 하더니 격하게 몸을 뒤틀었다. 그 바람에 순간적으로 핸들이 방향을 잃으면서 차가 기우뚱거렸다. 그는 한 손으로는 핸들을 잡고 다른 한 손은 허벅지를 누르고 있었다. 아무래도 다리에 쥐가 난 것 같았다. 모든 생각이 일시에 멈추어버린 나는 아무런 조처도 못 하고 물끄러미 바라만 보고 있었다. 남편은 여전히 다리를 누르면서 비상등을 켜고 갓길에 차를 세웠다. 차에서 내리는 걸 보니 쥐가 난 건 아닌가 보았다. 그는 바짓가랑이 속에서 까만 개미 한 마리를 끄집어냈다. 개미가 바지 속으로 들어가 그의 허벅지를 문 거였다. 아마 숲에서 묻어온 모양이었다. 일 센티미터도 안 되는 개미가 괴물처럼 커 보인 건 그때가 처음이었다.

그는 별일 아니라는 듯 다시 차에 올랐지만 나는 엉뚱한 상상에 빠져들었다. 개미를 죽이고 개미에게 물린 일이 정말 우연일까. 나는 인과관계를 떠올리며, 아침부터 살생했다는 생각에 사로잡혀 저 위의 누군가를 의식하는지도 몰랐다. 외경스럽고 장엄해서 인간의 눈으로는 도저히 볼 수 없는, 그러면서도 없다고는 할 수 없는 존재를. 개미의 신이라는 인간이 개미 몇 마리 죽인 게 대수롭지야 않겠지만, 그 작은 한 마리 때문에 큰 사고가 날 수도 있었다. 감히 신의 다리를 물다니. 개미와 함께한 아찔한 하루가 그렇게 지나고 있었다. 10월의 어느 멋진 날에.

부모라는 뿌리

야트막한 구릉에 우뚝 선 나무 한 그루가 있다. 상수리나무다. 수령이 적어도 백 년은 넘었을 늠름한 그 나무를 볼 때마다 나는 버릇처럼 그 앞에서 걸음을 멈추고 올려다보곤 한다. 나무가 우람하면 그늘도 넓다는 말답게 여름이면 넉넉한 그늘을 만들어 산책길 쉼터가 되어준다. 외양을 보면 평범한 나무에 불과하지만, 연륜으로 보나 강건한 몸체로 보나 숲을 지키는 나무 같아 집안의 가장을 떠올리게 하는 거목이기도 하다. 넓게 멀리까지 내다보며 서 있는 거구를 지탱하기 위해서 뿌리는 어둠을 뚫고 얼마만큼 깊이 내려갔을지. 부모란 눈에 보이지 않게 나무가 커가도록 지탱하고 꽃과 열매를 맺도록 수분과 양분을 끊임없이 공급하는 뿌리 같은 존재가 아닐까. 오늘 모처럼 산책길에 동행한, 이제는 제 아버지보다 큰 아들을 올려다보니 세월이 많이도 흘렀음을 실감하게 된다.

어느 맑고 화창한 5월을 열던 울음소리. 살짝 찡그린 발그레한 얼굴로 어리둥절한 표정을 짓던 아기가 울음을 터뜨렸다. 아마 제 머물던 신생아실에서 나와 처음 들어선 병실의 생소한 환경이 낯설었던 모양이다. 그때가 엄마와 아들로 처음 대면하는 순간이었다. 산통으로 기진맥진해 있던 몸이 아기의 울음소리에 본능적으로 제자리를 찾으며 회복되는 느낌이었다. 그때로부터 서른 번 가까운 5월을 맞았다. 그러나 갓 태어난 아들과 눈빛을 교류하며 솟구치는 감정을 주체할 수 없던 순간이 내 인생에 또 있었던가 싶을 만큼, 그날의 만남은 내게 각별했다.

출산은 한 생명의 완성이며 출발이다. 울음을 터뜨리며 부모의 몸에서 분리되지만, 그 부모의 영향력 아래서 이루어지는 성장기는 지울 수도 떨쳐버릴 수도 없이 깊이 각인 되어 평생을 따라다닌다. 의학적으로 한 사람의 몸을 알기 위해서는 부모의 건강에 관해 묻고, 그 사람의 정신을 이해하기 위해서는 그의 부모가 어떤 삶을 살았는지 묻는다. 부모는 비록 고인이 된다 해도 자식의 삶 속에서 좋든 나쁘든 흔적을 남기게 마련이다. 어린 시절을 돌아보면 지금의 나를 있게 한 실마리들이 보이는데, 부모의 존재란 그 실마리의 원초에 해당하지 않을지.

나는 우리 부모님으로부터 육체적으로는 그리 건강하지 못한 체질을 물려받았다. 그러나 성장기 내내 그분들에게 받은 차고 넘치는 사랑 덕분에 정신적으로 풍족한 어린 시절을 보낼 수 있었다. 부모님 인생이 온전히 자식들을 위해 살아낸 시간이었음을 입증이라도 하듯, 헤아릴 수 없이 많은 추억이 우리 자매들 속에 차곡차곡 내장되어 있다. 내가 스스로 노력하여 얻은 것이 미미함에도 불구하고 지금처럼 정신적인 풍요를 느낄 수 있는 건 그 덕이 아닌가 싶다.

나무는 죽어서 목재가 된 후에도 자신이 자란 환경의 지배를 벗어나지 못한다고 한다. 하물며 사람에 있어서랴. 어떤 환경에서 자랐든 자식이 바람직한 성향을 지녔기를 소망하며 자식이라는 결실을 통해 자신의 노후 안정과 평화를 가늠해 보기도 한다. 그러나 현실이 어디 그리 만만할까. 자식이라는 열매가 자신의 뿌리를 내릴 터를 잡아 하루하루 제 나무를 키워가면서부터 비로소 부모의 고독은 시작되는지도 모른다.

아들이 대학을 졸업하면서 사회에 발을 들여놓았다. 제 원하는 분야에서 일하게 된 기쁨으로 바쁜 나날을 보내고 있다. 젊음의 꽃을 활짝 피운 아들은 이제 제가 자리 잡은 터전에서 새순을 올리는 시기에 들어섰다. 부모라는 뿌리로서 '뒷바라지하는' 위치에서 이제는 '지켜보는' 위치로 한걸음 물러섰으니, 홀가분하면서도 가슴 한 편이 시리고 헛헛한 건 어쩔 수 없겠지. 내 부모님도 나를 떠나보내실 때 지금의 내 심정 같았겠지. 과거를 돌이켜보는 시간이 길어진다. 사람은 자식을 통해 자신의 부모를 알아가는 것일까.

"너도 내 나이 돼봐라" 하시던 부모님 모습이 어른거리는 것 같다. 자식이란, 독립할 때 부모의 가슴에 그리움과 기다림이라는 씨앗을 심어놓고 떠나는 존재인가 보다.

먼 길
돌아 돌아온
바람

덧없는 꿈

낙엽 위로 유모차가 지나가며 바스락거리는 소리에 고개를 든다. 그저 넓은 공원인 줄 알았는데 묘지이다. 낙엽을 떨구기 시작한 아름드리나무들이 듬성듬성 들어앉은 공원묘지는 평온해 보인다. 무덤 속 주검도 소생시킬 듯 강렬한 빛을 내뿜는 태양에, 생명을 잃은 낙엽도 눈 뜰 것 같아 죽음으로부터의 부활을 꿈꾸게 한다.

어릴 적부터 죽음이라는 단어는 산 자와는 멀리 동떨어진 곳에 있어야 하는, 꺼림칙한 금기였다. 그런데 이곳에서는 삶과 죽음이 한 자리에서 자연스럽게 만나고 있었다. 고인의 긴 생애를 이름 몇 자와 간단한 약력으로 전해주는 검은 대리석 한 조각이 한 사람이 차지할 수 있는 전부이다. 길면 또 뭘 하나 싶으면서도 뭔지 모르게 서운하고 허전해, 나뭇잎을 반쯤 떨구어내어 헐렁해진 공원 숲 쪽으로 시선을 돌린다.

자그마한 화환이 놓여있는 비석. 방금 누군가 다녀갔는지 따뜻한 체온이 채 가시지도 않은 느낌이었다. 저만치 멀리 있어야 할 죽음에 삶의 한 자락을 붙잡힌 것 같아 시내 중심가에 자리를 차지한 묘지가 내게는 익숙지 않았다. 묘지에 대한 거부감이 줄어든 건 친정아버지가 돌아가신 후였고, 이곳을 지나면서 아버지와 나누던 추억에 잠기기도 했다. 묘지가 있으면 아무 때라도 달려와 추억을 생생하게 꺼내 볼 수 있지 않을까. 곁에 가서, 그토록 아끼시던 당신 손주들 이야기 들려드리며 잠시 앉아있다 올 수 있다면.

내게는 찾아갈 묘소가 없다. TV에서 고향 찾은 자식들은 늘 부모님 묘소부터 들른다. 그동안의 객지 소식을 두런두런 이야기하는 장면이 나올 때면 가슴의 통증이 어김없이 살아난다. 삶이 고달프고 허전할 때 부모님 묘는 더 없는 안식처가 될 수 있으리.

이승을 살아내기가 그리도 힘이 드셨는지 병명을 알고 두 달 반 만에 아버지는 우리 곁을 떠나셨다. 의사의 진단 결과를 밀쳐버리고, 실낱같은 희망을 눈물로 붙들며 뼈저린 기도를 올렸다. 좋다는 병원을 찾아, 민간요법을 찾아 뛰어다니던 우리에게는 어떻게든 살려내야 한다는 생각밖에 없었다. 그분의 속마음을 읽어낼 겨를도 없이 시간은 속절없이 지나 아버지는 말없이 떠나셨다. 유언도 없이 딸들에게 맡겨진 장례 절차에 대한 최후의 결정은 화장이었다. 황망한 기간을 보내고 나서야 '정말 화장을 원하셨던 걸까?' 하는 의구심이 일기 시작했다.

아버지는 당신 부모님의 묘소를, 이승을 하직할 것을 예감하신 듯 돌아가시기 전에 폐묘하였다. 그리고 이따금 화장에 대해 언급했지만, 당신 사후에 대한 특별한 유언은 없었다.

화장은, 대를 이어갈 아들 없는 당신 생을 돌이켜보며 갖게 된 막연한 생각이었는지도 몰랐다. 묘소를 지키지 못하는 딸들이 화장에 대한 희미한 기억을 더듬어 내린 결정은 물릴 수 없기에 상처가 깊었다.

마음이 쓸쓸할수록 눈으로 만질 수 있는 아버지 사후 자리가 아쉬웠고, 화장에 대한 후회감이 고개를 들며 괴롭혔다. 비록 육신은 떠났어도 그분이 곁에 머물고 있다는 느낌으로 살고 싶었다. 그러나 다가갈 수 있는 흔적은 어디에도 없었고 영정 사진으로는 채워지지 않는 상실감은 무서울 정도였다. 세월에 묻히면 아픔도 고통도 희석되게 마련인가. 산 사람은 어떻게든 살아간다는 옛말은 틀리지 않았다. 사람에게 망각의 기능이 있다는 게 때로는 얼마나 고마운 일인지.

아버지는 대쪽처럼 곧고 바른 성품을 지닌 분이었다. 직장에서는 호랑이란 별명을 등에 업고 다녔어도 딸들에겐 더없이 너그럽고 자애로운 가장이었으니. 어렵고 힘들 때 엉킨 삶의 매듭을 푸는 것도 아버지 몫이었다. 아내도 딸들도 먹이를 받아먹는 새끼 새처럼 그분 얼굴만 바라보며 살아온 세월이었다. 홀로 남은 엄마를 보면 늙은 느티나무 구멍처럼 휑하니 뚫린 남편의 빈 자리가 위태로워 보였다.

죽음조차 가까이 생각하며 준비된 삶을 살아야 하지 않을까 하면서도, 죽음이란 단어를 떠올리면 머릿속이 생각만큼 평화롭지 않았다. 어떤 책은 죽음을 수면과 영면과의 차이일 뿐이라 했고, 다른 세계에 편안하게 안주하는 것이라고도 했다. 그러나 시작과 끝도, 사랑과 미움도, 성공과 실패도 하나로 맞물려 돌아간다는데 삶과 죽음이라고 예외일 수 있겠는가.

오늘의 누림이 헛되지 않는 의미 있는 삶도 중요하다. 하지만 그런 거창한 말보다는 오늘 살아있다는 것에 감사하고, 미룰 수 있는 내일이 있다는 것에 만족하고 싶다. 죽음을 전제로 한 삶이기에 더 짧게 느껴지고 더 아름다운지도 모른다. 나 또한 인생의 내리막길을 걷고 있는 시기, 지니고 있던 삶의 무게를 하나씩 덜어내야 할 때다. 병실에 계실 때부터 느끼던, 많은 의미가 함축된 아버지 시선이 아직도 내 등 뒤에 머문다.

그런데 결국 아버진 어디로 가셨을까? 부활이 가능하다면 단 하루만의 삶이라도 허락받을 수는 없을까. 그 기적 같은 하루를 붙잡고 나는 무엇을 할 수 있을까. 눈 시린 햇살 속에 꿈인 듯 속절없이 생각을 키워본다. 하루하루가 그렇게 허락받은 하루라 여기며 살아야겠지.

순간이라 말하지 마라

신문을 태우면 세상이 타는 냄새가 난다. 그 매캐함은 한때 거창하고 중요하다 여겼던 일들의 부질없음을 알리는 소멸의 냄새다. 세상을 떠들썩하게 흔들고 흥분의 도가니로 몰아넣었어도 불과 며칠 사이에 무관심 속에 잊힌 후, 신문의 얇은 등허리에 얹혀있던 활자들이 무겁던 삶을 내려놓는 허무의 냄새다.

대학을 갓 졸업하고 시골 학교에서 근무할 때 연탄 때는 방에서 자취한 적이 있다. 집에서 연탄을 갈아보기는 했지만 연탄불을 관리하는 일은 그와는 또 다른 일처럼 생소했다. 손에 익지 않은 연탄은 고분고분 말을 들으려 하질 않고 애를 먹였다. 초임 교사로 녹록지 않은 생활에 적응하느라 학교에서도 힘이 드는데 집에 있는 연탄마저 텃세를 부리고 싶은 모양이었다. 매서운 추위에 언 발을 동동거리면서 따끈한 온돌방을 기대하며 직장에서 돌아올 때쯤이면 얼음집 같은 냉방이 기다리기 일쑤였다. 어쩌나 싶어 부엌에 나가 아궁이를 열면 까만 채 아예 타지도 않았거나 반쯤 타다 만 연탄이 나만큼이나 심란한 얼굴로 올려다보았다. 그럴 때는 집 떠난 설움이 북받

처 올랐다. 그 당시 시골에서 추위를 피해 갈 곳이라고는 담배 연기 자욱한 읍내 다방과 버스터미널 대합실이 전부였기 때문에 더 막막했다.

처음에는 주인아주머니가 안쓰럽게 생각했는지 빨갛게 달아있는 연탄을 빌려주어 그것 위에 새 연탄을 얹어 불길을 살려낼 수 있었다. 그런데 그것도 한두 번이지 미안하여 더는 그럴 수도 없어 번개탄을 사 왔다. 연탄을 수평으로 얇게 저며놓은 것처럼 생긴 번개탄은 말 그대로 불만 붙이면 번개처럼 타올라 새 연탄에 생명의 불을 붙여주었다. 그때 불쏘시개로 사용하던 것이 신문지였다.

신문이 아무리 대단한 사건들을 싣고 있다 해도 며칠 지나기도 전에 관심에서 멀어져 애물단지가 되어버리는 건 예나 지금이나 마찬가지다. 요즘은 재활용 감으로 분리 수거되지만, 그때는 붓글씨 연습용 종이가 되거나 불쏘시개로 사용되면 방구석만 차지하고 있던 천덕꾸러기 신문지로서는 그나마 의미 있게 쓰인다고 여기던 시절이었다.

그날은 바람이 좀 세게 불어서 아주머니가 가르쳐 준 대로 공기 구멍을 헝겊으로 잘 막아놓고 출근했는데, 돌아와 보니 이미 하얀 얼굴로 싸늘하게 죽어있었다. 새 연탄을 살릴 번개탄을 준비하고 신문지에 불을 붙이자 파르르 떨며 한차례 불길이 번쩍 일더니 순식간에 사라지고 말았다. 불길이 닿자마자 몸을 비틀고 검게 타들어 가면서 매캐한 냄새로 잠시 저항하는가 싶더니, 생각할 겨를도 없이 항복했다는 듯 하얀 재로

변해버렸다. 누구라고 순간에서 자유로울 수 있을까. 무겁게 지니고 있던 세상사가 찰나에 소멸하는 광경을 보고 있자니 허탈감이 몰려왔다.

집 생각이 났다. 제사가 끝나면 음복을 하기 전에 병풍에 붙여놓은 지방(紙榜)을 태우는 순서가 있었다. 먹을 갈아 붓글씨로 정성 들인 조상님의 이름이 적혀있던 지방에 불을 붙이면, 찰나에 불꽃으로 사라지면서 향로 속으로 떨어지던 장면이 눈에 선했다. 세상에서 지니고 있던 온갖 이름의 덧없음을 깨닫고 훌훌 털어버린 양 가볍게 날아오르던 그것. 제 몸에 얹혀있던 무거운 활자들을 놓아버리고 자유의 몸으로 날아올라 순식간에 허공으로 흩어지는 신문지를 보니, 제사를 지낸 후 불길 속에 하얀 재로 날리던 지방(紙榜) 생각이 났다.

수명이 순간에 불과한 신문이라 해서 혼까지 스러지지는 않는다. 지방이 몸을 사르며 자손의 가슴에 보이지 않는 정신적 생명의 씨앗을 잉태 시켜 자자손손 이어지게 하듯이, 신문이 찰나에 남긴 불씨가 연탄의 자궁에 안착함으로써 생의 순환은 멈추지 않고 이어져 연탄을 살리고 인간을 살리지 않았던가. 신문에 실린 글자들이 비록 하루를 사는 운명을 타고났다 하여도, 시간의 흐름 속에 잡은 순간의 진실한 빛은 언제까지고 살아있으리라.

먼 길 돌아 돌아온 바람

사람이 구속되는 게 어찌 시간과 공간 때문만일까. 사고의 한계에 갇혀 그 너머의 세계를 인지할 수 없다는 사실이 가장 큰 제약일지 모른다. 그 한계를 벗어나지 못해 답답해하던 나는, 어딘지도 모를 먼 곳에 대한 그리움을 키웠고 그리움은 가슴 깊은 곳에 보이지 않는 하나의 섬으로 자리 잡았다. 무턱대고 떠나기만 하면 날개가 돋고 날갯짓을 함과 동시에 자유로워질 것 같은 환상이 머릿속에 가득했다.

그때 알게 된 곳이 온타리오 주에서 가장 북단에 위치한 무쏘니(Moosonee)라는 마을이었다. 토론토에서 북쪽으로 무려 열 시간을 자동차로 달려 '폴라베어 익스프레스'라는 친근한 이름을 가진 기차로 갈아타고 다시 다섯 시간 걸려 도착한 곳. 주변 경관을 고려해 약간 우회하기는 했어도 시간으로 치면 상당한 투자를 한 셈이었다.

첫인상은 서부 개척시대의 영화 촬영지 같았다고 할까. 기차역에서부터 겨우 오십 미터 정도가 마을의 가장 번화한 거리인데도, 비포장도로여서 손바닥만 한 바람에도 먼지가 폴폴 일었다. 도로가 연결되지 않아 기차가 유일한 운송수단인

곳이 아직도 캐나다에 존재하다니 놀라웠다.

　기차는 달리는 내내 지루한 풍경만 보여주었다. 가문비나무가 이 지방의 특색 수종인가 보았다. 기온이 낮아서일까, 키도 그리 크지 않은 나무들이 옆 가지를 마음껏 벋지도 못하고 삐쩍 마른 몸에 어둑한 녹색 이파리를 듬성듬성 붙인 꼴로 서 있었다. 화가의 손을 빌자면, 조금 굵은 회갈색 선을 수직으로 빽빽이 그어 넣고 그저 옆에 조금씩 녹색 선만 덧붙여도 한 편의 수채화가 완성될 그런 풍경이었다. 전체적으로 늪지대여서 땅이 습하고 그 땅에 뿌리내린 것들도 하나같이 암울한 표정이었다. 하늘이 햇빛을 아끼고 있어 을씨년스러운 분위기를 자아내는 바람에 기분마저 착잡했다. 지루할 만하면 녹슨 쇠붙이 색깔의 강물이 얼굴을 내밀었다. 청정지역이니 오염되었다고 보기는 어렵고 광물질이 많이 함유된 모양이었다.

　그렇게 조금은 지루하고 조금은 가라앉은 기분으로 기차와 함께 몇 시간쯤 흔들렸을까, 목적지에 이른 열차는 싣고 온 자동차 몇 대와 승객을 한꺼번에 우르르 쏟아놓았다. 활기찬 모습의 관광객들이 거리를 활보해도 원주민 사이에 깊숙이 뿌리 내린 적막감과 황량한 고독은 물러설 줄 몰랐다. 그들은 자신이 사는 삶의 모습과 터전이 관광 대상이 될 수 있으리라고는 상상도 못 했으리라. 어쩌다 차가 지나간 자리에는 긴 세월을 살아 노쇠해진 흙먼지가 소리 없이 날렸고 지구상에 인간보다 먼저 태어났다는 모기떼가 극성을 부렸다. 마을은,

문명 시대에 속한 현대인보다 정신적으로는 오히려 더 풍요롭고 여유롭게 살던 초창기 원주민들에서부터 지금의 피폐해진 후손에 이르기까지의 흔적을 여과 없이 드러냈다. 시간의 기차를 타고 겉모습만 바꾼 채 다음 세대로 거듭 옮겨오면서도 그들 선조의 영혼은 데려오지 않았는지.

마을을 둘러보며, 사람이 살기 위한 필수 조건만 겨우 구비한 곳이라는 인상을 받았다. 관공서 한두 군데와 학교, 교회, 성당 그리고 큰 상점이 하나씩 있었다. 사람 사는데 더 무엇이 필요할까, 욕심만 줄이면 소박하게 살기에는 그리 나쁘지도 않을 것 같았다. 생필품을 파는 매장 한 쪽에 손바닥만 한 KFC와 피자헛이 자리 잡고 있었다. 문명화된 세상의 흐름이 이 오지에까지 유입되었구나. 더 놀랐던 것은 다른 건물에 비해 상대적으로 큰 현대식 건물인 LCBO(주류판매점)를 만났을 때였다. 석기시대부터 인간과 함께 존재해왔다는 술의 기원을 떠올리면 그리 놀랄 일도 아니었지만, 문명사회의 잣대가 작용했는지 나 사는 도시에서는 당연하던 존재가 이곳에서는 마치 못 볼 것을 본 것처럼 생경했다.

소유의 개념도 축적의 의미도 모르던 원주민의 땅을 차지하고 그들을 보호구역으로 몰아넣으며 알코올을 보급했다던 백인들 생각이 났다. 말이 원주민 보호구역이지 불모지인 경우가 허다해서 초기에는 먹을거리가 되는 식물은 물론 식수조차 찾기 어려웠다고 들었다. 알코올로 인해 정신과 영혼의 힘마저 잃을 수 있다는 사실을 알았다 하더라도, 삶의 희망이 보이지 않는 황폐한 곳에서 그것은 뿌리치기 어려운 유혹이었으리라.

돌아갈 열차 시각까지 주택가 사이를 어슬렁거리다가 길섶 마른 먼지 속에 실수로 태어난 듯한 자그마한 들꽃 한 송이를 만났다. 태어나 삶을 마감할 때까지 척박한 환경 속에 붙박여 살지언정 비슷비슷한 무리 속에 있었더라면 좀 나아 보였을까. 어떤 생명이라고 제 태어날 환경을 선택할 수 있으랴마는 사력을 다해 피웠을 그 꽃은 홀로 살아갈 일이 막막한 듯했다. 어쩌면 이곳을 찾을 때 나는 그들 선조의 삶 속에 흐르던 자유롭고도 행복한 냄새를 기대했는지도 모르겠다. 그러나 먼 길 돌아 돌아온 잿빛 바람을 만난 곳으로나 기억될 이곳에 화사한 봄꽃이 피어나기를 바랄 뿐, 내 영혼의 개화를 위해 환상을 품고 떠났던 여행의 날개는 조용히 접어야 했다.

나의 히말라야

그녀는 허공에 매달려 흔들리는 빈 거미줄처럼 마음 갈피를 잡을 수 없었다. 깨어있어도 꿈을 꾸는 것 같고 잠이 들어도 현실과 다를 바 없는 꿈속에서 허우적거렸다.

그 남자 때문이었다. 산을 타는 남자였다. 야트막한 산조차 제대로 올라본 적 없는 그녀에게 그의 존재는 눈앞에 우뚝 선 산마루였다. 호리호리한 몸매로 어떻게 산을 탈까 싶었지만, 마디마다 굳은살이 박힌 손가락을 보며 안도했다. 1980년대 초반 히말라야의 산은, 사진으로 보기도 어려운 아득한 이름이었다. 남자는, 이름만 들어도 겁이 나는 그 산에 오르겠다고 했다. 그것도 멀쩡히 다니던 직장까지 그만두고서. 그녀는 심장이 통째로 떨어진 것 같은데 그는 결연한 표정으로 담담하게 말했다. 아무래도 떠나야겠다고….

주문한 음식이 식어서 음식모형 같아진 지 오래되었어도, 둘 중 누구도 앞을 가로막는 단단한 침묵을 깨지 못했다. 시간이 흐르도록 놔두고 기다릴 수밖에 별도리가 없었다. 남자의 입이 다시 무겁게 열렸다. 그녀를, 산을 타는 사람의 아내로 만들어 끝이 보이지 않는 기다림이라는 형벌을 안겨주고 싶지 않다고 했다. 기다림도 사랑이고 참는 것도 사랑이라 여기던 그녀는, 그의 말에 묘한 굴욕감이 들면서도 다시 볼 수 없다는 사실에 현기증을 느꼈다. 후들거리는 걸음으로 집에 돌아오면서, 우연이 필연적인 운명을 만들기도 한다는 말에 매달렸다. 말도 안 되는 억지 우연을 만들어내던 시간이 그녀의 일상을 지배했다.

나는 앨리스 먼로 소설에 등장하는 그레타를 생각하며 긴 하루를 보낸다. 먼로의 작품 〈일본에 가 닿기를〉에서, 시인(詩人) 자격으로 작가 파티에 참석한 그레타는 아무도 거들떠보지 않는 무관심과 소외감으로 지쳐간다. 그때 곁에 다가와 다정히 손 내밀어 일으켜 주고 그녀를 집에까지 태워다 준 사람. 그 후 그녀는 토론토에서 왔다는 그 남자 생각을 상상 속에서 키우다가, 남편이 퇴근할 무렵이면 갈무리하여 간직하는 일을 반복한다. 여름에 그를 만난 후 계절을 차례로 보내면서, 그림을 그려도 될 만큼 상세히 기억나는 그의 얼굴을 떠올리며 그레타는 하루도 그 남자를 생각하지 않은 날이 없다.

겨우 이름만 알던 그의 주소를, 도서관 신문의 그가 쓴 칼럼에서 찾아내어 편지를 쓰고야 마는 그레타. '이 편지를 쓰는 것은 유리병 속에 편지를 넣는 것과 같아요. 그리고 바라죠. 편지가 일본에 가 닿기를'이라 쓰고 자기가 타고 갈 기차가 도착하는 날짜와 시간만 적어서 편지를 보낸다. 그레타가 상상 속에 무시로 드나들던 꿈의 나라에 편지가 과연 가 닿을 수 있을지, 소설 속 그녀도 독자인 나도 가슴을 졸인다.

그런데 그 남자가, 기차역에 나타난다. 그리고 그녀에게 첫 키스를 한다. 희박한 가능성을 상징하던 유리병은, 그럼에도 불구하고 때맞춰 '그녀의 일본'에 가 닿은 것이다. 전혀 닮지 않은 이야기이건만, 책을 읽다가 '그녀의 일본'이라는 단어에 내가 왜 뜬금없이 '히말라야' 생각을 했을까. 그레타에게는 '일본'으로, 내게는 '히말라야'로 상징되는 두 남자를 생각한다. 오늘 나는, 한때 내 마음을 송두리째 빼앗던 과거 그 시간으로 돌아가 있다. 세월이라는 벽을 깨고 불현듯 모습을 드러낸 나의 히말라야. 내 마음을 흔든 것은 히말라야라는 이름 뒤에 숨어버린 그 사람에 대한 그리움이리라.

나도 그 사람 이름은 알고 있었지만, 그레타처럼 편지를 보낼 주소를 찾지는 않았다. 나의 유리병은 어디에도 가 닿을 수 없다는 걸 이미 알고 있었으니까. 그레타와는 달리, 나는 그곳으로 가는 기차를 탈 이유도 만들지 못했다. 내 마음을 담은 유리병이 눈 덮인 히말라야 산을 헤매게 하는 대신, 내 글 속에 넣어 영원히 살아있게 하고 싶었다. 그의 모습을 상상 속 설산에 걸쳐두고, 때로는 그의 곁에서 나란히 걷기도 하고 때로는 눈보라 치는 산등성이에서 함께 길을 잃고 싶었다. 산속을 아무리 헤맨다 해도 결국 마음속에 가두고 살게될 사람인데 하다가도, 체념 끝에 희망의 가시 하나 박아두는걸 잊지 않았다. 그러나 시간의 파괴력은 실로 대단했다. 그레타 이야기를 읽기 전까지는, 히말라야가 내 가슴에 들어있었다는 것조차 잊고 살았으니.

우리는 인생길에서 숱하게 주어지는 선택 앞에 설 때마다 망설이고 갈등한다. 일단 선택하면 수정할 수도, 번복할 수도, 선택되지 않은 나머지 것들과 비교할 수도 없다. 선택이 옳았는지 그리고 최선이었는지는 그 길 끝에 도달해 보아야 나 알 수 있다. 아니, 끝까지 가도 알 수가 없다. 내가 택하지 못한 '히말라야'와의 삶이 어땠을지는 상상 속에서나 가능한 일이다. 비교할 수 없어서, 천만다행, 이다.

부엌에 흐르는 시간

나른한 봄볕이 어깨에 내려앉는다. 막 봉오리를 연 뒷마당 수선화에 눈길을 주면서도 마음은 점심 준비할 생각으로 가득하다. 국수를 먹을까? 국물 있는 잔치국수가 어떨까. 남편이 좋아하기도 하지만 뚝딱 삶아내면 그만인 국수는 만들기 쉽고 별다른 반찬이 없어도 된다는 이유로 요즈음 상에 자주 오른다.

아들이 결혼한 후 우리 부부만 남으니 식단이 더할 수 없이 간소해졌다. 아침은 더 간단했다. 토스트에 달걀후라이, 갓 내린 커피면 충분했다. 마음에 점만 찍는다는 점심(點心)으로는 주로 국수를 삶았다. 이름만 다른 국수 중에 하나를 고르는 일이니 뭘 먹을지 고민할 일도 그리 번거로울 일도 없다. 태양이 이글거리는 여름날엔 얼음 띄운 냉콩국수가 상에 올랐고, 비 오는 날이나 눈보라 치는 날엔 뜨끈한 칼국수가 제격이었다. 속이 컬컬할 땐 냉면을 삶았고, 어쩌다 고국이 그리울 땐 한밤중에도 라면 봉투를 뜯었다.

물이 끓기 시작한다. 물방울이 올라가며 보글거리는 소리에 나도 모르게 정신을 빼앗긴다. 일상에서 맛보는 아름다운

소리다. 국수 삶는 물이 요동칠 때는 내 가슴도 소용돌이치며 한때 격정의 시간을 살던 기억을 불러온다. 그러고는 강말랐던 국숫발이 몸을 풀며 부드러워지는 시간을 무심히 지켜본다. 스스로 만든 원칙과 규정에 매여 필요 이상 옥죄고 살다가 나이 들면서 헐거워지는 내 모습 같다. 찬물에서 건져 대나무 채반에 가지런히 말아놓은 사리를 국수 대접에 하나씩 옮겨 담는다.

멸치와 다시마로 제법 바다 냄새가 배어든 국물로 토렴을 하는데, 오래전에 내게 토렴을 가르쳐준 할머니 얼굴이 스쳐 간다. 그립다. 지나간 시간 속에서 그리움이 아릿한 얼굴을 들면 손은 마냥 더뎌진다. 볶은 애호박과 채를 썬 김치, 달걀 지단을 고명으로 얹으면서 잔치국수 두 그릇을 상에 올린다. 말없이 마주보는 두 그릇 사이로 잠깐 봄볕이 들어왔나 싶은데, 후루룩 소리에 얹혀 국숫발은 간데없고 빈 그릇만 웃고 있다. 봄 햇살처럼 잠시 다녀간 듯한, 내가 걸어온 짧지 않은 세월도 이렇게 지나갔겠구나.

내 기억에 자리 잡은 어릴 적 부엌은 잠시도 한가할 틈이 없었다. 여섯 식구 밥상 차리는 일이 당연한 듯 매일 반복되었다. 물소리 가득한 한쪽에서는 늘 무엇인가로 김이 오르고 있고, 지글거리는 소리와 냄새가 출렁이고, 어머니 손은 쉴 새 없이 움직였다. 그러나 이제 아흔이 넘은 어머니의 부엌은 머지않아 문이 닫힐 것이다. 당신의 생이 외로운 침묵으로 서서히 닫혀가듯이.

간장 한 방울 된장 한 숟가락에도 줄줄 매달려 올라오는 손맛의 기억과 기억. 멀리 있는 기억이 불러낸 음식으로 이국에서 허허로움을 다독이던 시간과 시간. 고국에서 전화로 알려주는 어머니의 조리법을 들으며 옛 맛을 더듬어 만든 음식은, 그러나 그때 먹던 그 맛이 아니었다. 하지만 그것으로도 없던 입맛이 돌아오곤 하니, 나는 음식을 통해 어머니와의 유대감을 이어가고 싶었는지도 모른다. 비록 그분은 이제 그때의 입맛도 손맛도 다 잃어버려, 당신 자신도 기억하지 못하는 손맛이 되어버렸지만.

나는 음식 만들 때면 어머니 생각을 한다. 식구들이 뭔가 먹고 싶다고 하면 말이 채 끝나기도 전에 부엌으로 들어서던 뒷모습이 눈에 밟힌다. 부엌은 그분 삶의 빛과 그림자가 고스란히 스며있는 공간이었다. 타국 생활에 지쳐 혼곤할 때는, 엄마의 부엌을 떠올리며 그곳에서 만들어지던 음식 냄새를 맡기만 해도 허기진 마음을 달랠 수 있을 것 같았다.

부엌에 맴도는 국수 냄새. 냄새는 때로 깊숙이 들어있던 먼 기억을 불러온다. 익숙한 냄새를 따라가다 보면 부엌에 다다르고, 밥상에 앉은 얼굴들이 보이고 귀에 익은 목소리가 들린다. 부엌은 음식을 통해 가족을 밥상으로 불러모으고 마음을 하나로 응집시키는 공간이다. 보고 듣고 맛보고, 냄새뿐 아니라 그때 느끼던 모든 표정과 감각이 단숨에 읽히는 익숙한 공간. 그 풍경이 한꺼번에 살아나면서 기억 속에 묻혀있던 시간이 불려 나오고, 그것이 현재의 감정에 덧입혀지는 과정을 나는 좋아한다.

내일은 마음에 어떤 점을 찍을까. 아침과 저녁 사이 햇살 가득한 시간에 조촐하게 준비하는 점심이다. 맛이 있어도 없어도 맛있게 먹어줄 한 사람. 같이 먹을 사람이 옆에 있어 부엌이 움직인다. 바깥에서 불어오는 피할 수 없는 바람에 때로 속을 끓이다가도, 냉수에서 몸 풀고 헤실거리는 국숫발을 보며 시름을 잊던 부엌이라는 공간을, 오래 기억하겠지. 나에게 부엌은 그런 곳이다. 내일도 식탁에 오른 국수 그릇이 비워질 때쯤이면, 세상 근심 덜어낸 넉넉함으로 늦은 오후를 가볍게 채워갈 수 있으리라.

촛불이 있는 밥상

점심을 밖에서 먹으면 기분이 좀 나아질까 싶어 나가려던 참이었다. 그러다가 자질구레한 집안일에 발목을 잡혀 도로 주저앉고 말았다. 자주 있는 일은 아니지만 텅 빈 집에서 혼자 밥을 먹을 때는 외로움을 탔다. 주린 배를 채우는 일이 오늘따라 별 특별한 이유도 없이 궁상스럽게 느껴졌다. 덩그러니 놓여있던 찬밥도, 작은 냄비째 올라앉아 있던 찌개도 치웠다. 얌전히 접힌 냅킨 위에 수저를 올려놓고 일인용 접시에 음식을 조금씩 덜어 담으며 마음을 달래보았다.

그런데도 뭔가 부족한 것 같았다. 아, 음악. 잔잔한 음악이 흐르자 아무것도 섞이지 않은 나만의 익숙한 냄새로 집안이 넉넉해졌다. 가족이나 손님을 위해서는 번거롭게 음식 장만하는 일도 예쁘게 꾸며보는 식탁 차림도 신이 나더니만, 이상하게도 나 자신을 위해서 차리자니 멋쩍고 객쩍게 여겨진다. 모처럼 나만의 오후 성찬은 이렇듯 싱겁게 막을 내리려 했다.

그때였다. 연기를 마셨을 때처럼 목 안이 매캐해지며 설명할 수 없이 허전했다. 말 한마디 안 해도 좋으니 편안할 수 있는 누군가가 그림처럼 곁에 있기만 해도 좋을 것 같았다.

식탁 한 모퉁이에 모셔 두었던 양초에 문득 눈길이 갔다. 불을 켜니 불꽃이 흔들리며 걸어 나와 방안을 가득 채웠다. 평화로운 촛불의 춤사위가 숨결을 타고 너울거리며 살아났다.

불꽃이 만드는 겹겹의 주홍 커튼을 들춰보면 그 안에 또 다른 내가 보이는 느낌이었다. 촛불로 살던 삶이, 그 동안 흘러내린 촛농으로 더께가 질만큼 긴 흔적을 남겼구나. 검은 실처럼 올라가던 그을음의 정체는 무엇일까. 촛불처럼 몸을 태울 정도로 순수한 열정의 삶을 살았는지 묻고 싶었다. 남을 의식해서 보이지 않는 옷자락 하나를 더 걸치고 적당히 타협하며 놓쳐버린 시간이 많지는 않았는지. 나는 홀로 미답의 길을 걷듯 조심스레 불꽃과 교감하는 시간을 가졌다.

나는 촛불을 좋아했다. 환하게 밝혀주는 기능보다는 그 후덕함에 마음이 실렸다. 형광등은 늘 높은 곳에 군림하며 적나라하게 구석구석의 머리카락 한 올까지 빈틈없이 들춰내곤 했다. 그러나 촛불은 낮은 곳에서조차 몸을 낮춰 제 감당할 몫만 밝히며 은밀히 가려줄 줄 아는 너그러움이 있었고, 물러서기 싫다는 어둠까지 몰아세우는 억지를 부리지 않아서 좋았다. 턱없이 교만해질 때는 촛불의 겸허함을 떠올렸고, 각박해질 때는 어둠조차 품어 안는 넉넉한 품성을 생각했다. 불꽃을 위로 뿜어 올리며 도약하는 용기와 열정은 내가 닮고 싶은 점이었다. 불평할 줄도 모르는 듯, 불꽃이 크면 큰 대로 작으면 작은 대로 묵묵히 주위를 밝히는 점도 매력이었다.

원하는 불꽃을 만들기 위해 제 몸을 사르는 촛불로부터 신비로운 기(氣)가 스며 나왔는지. 겉돌던 서먹한 공기가 붙임성 있게 다가왔다. 이제는 혼자 무엇을 해도, 곁에 아무도 없어도 괜찮을 것 같았다. 조촐한 밥상을 즐길 여유를 되찾았는지, 손도 안 댄 밥과 반찬을 혼자 데워 먹으면서도 맛만 좋았다. 아까는 배가 덜 고팠거나 마음이 고팠는지도 모르겠다. 평온하고 느긋해졌다. 감수성은 배고픈 자들의 전유물인가. 무리 속의 고독을 택할 것이냐, 홀로 넉넉할 것이냐. 몽환적 신비를 전하며 마음을 구해준 촛불의 너울거림이 염염(冉冉)한 의식 앞에 가물거렸다.

내가 만난 돌탑

한 돌탑에 시선이 묶였다. 언덕바지에 우뚝 서 있는 돌탑이 보이자 마음이 먼저 달려갔다. 흙 한 줌만 있어도 뿌리를 내린다는 민들레조차 망설이는 그곳은, 풀 한 포기 없는 바위산이었다. 돌탑은 흔히 무더기로 놓여 있는데 그것은 펑퍼짐한 바위에 홀로 서 있었다. 무슨 생각에 내가 굽 높은 슬리퍼를 신은 채 거친 바위투성이 언덕배기까지 기어 올라갈 용기를 냈을까? 어찌 되었든 나는 그곳에 올라가 있었다. 어른 주먹 두 개만 한 받침대 둘에 의지해 한 층씩 돌을 쌓아 올린 어설픈 모양의 커다란 돌탑이 마치 오래 기다리고 있기나 했던 것처럼 앉은걸음으로 다가가는 나를 반겼다.

돌탑 옆에 앉아 아래를 내려다보니 납작한 종이 모양의 차들이 바람 소리를 일으키며 날아갔다. 하루에도 수많은 자동차 행렬이 이어지지만, 속도를 줄여 돌탑을 눈여겨보는 이는 없구나. 그렇게 커다란 바위 위에 돌 더미가 있으면 한 번쯤은 끌릴 법도 하건만, 자동차 소리와 함께 날아가 버린 문명인의 바쁜 마음자리에는 고개 들어 하늘 한 번 볼 여유도 없는가. 돌이켜보면 나 역시 그렇게 앞만 보며 달렸다. '명마는 뒤를 돌아보지 않고 앞만 보고 달린다'라는 말이 있지만 나는 '명마'도 아니면서 그렇게 달려왔다. 길가의 이름 모를 들꽃들, 일출과 일몰, 하늘의 구름과 바람 소리를 비롯해 자연에 숨겨진 갖가지 보석에 마음을 열 겨를이 없었는지.

한국도 아니고 동양도 아닌, 서양의 외진 곳에서 돌탑을 만나면 마치 고국의 산길에 들어선 것만큼이나 반갑다. 큰길 높직한 자리를 차지한 이곳 돌탑들과는 다르게 한국의 돌탑들은 어엿한 큰길을 제쳐놓고 산속 좁은 길을 택해 들어간다. 가장 눈에 띄는 자리를 택한 이곳과는 달리 잘 보이지도 않는 산길에 터를 잡은 것은 자연을 찾은 사람들 마음에 평온함을 주려는 작은 배려가 아닐까.

역사의 맥을 타고 전해 내려오는 돌탑은 우리 주변에 늘 있는 일상의 한 부분이었다. 가족의 무병장수를 비는 할머니의 염원을, 아들을 낳지 못한 부인의 간절한 소망을, 그리고 수험생을 둔 어머니의 기원을 담고 과거에서 현재로 이어지는 마음의 탑이었다.

돌탑은 바람만 거세게 불어도 금세 흐트러질 처지인데도 한때는 제 근본이었던 바위의 기질을 잃지 않고 의연한 모습으로 자리를 지킨다. 삶의 실의에 빠진 어떤 이가 우연히 산길을 걷다가 흔들릴 듯 버티고 선 돌탑을 만나 다시 일어설 힘을 얻는다면, 그것은 돌무더기가 아니라 생명의 버팀목이 된다. 젖은 몸으로 어제의 비바람을 견뎌낸 모습을 보고 삶의 의지를 다지는 이도 있다. 또 누군가는 생존을 장담 못 하는 상황에서 지푸라기라도 잡는 심정으로 돌탑을 쌓기도 하리라. 하나씩 돌이 얹힐 때마다 돌도 마음도 제자리를 찾겠지.

기도와 기원에 반드시 소리나 언어가 필요하지 않듯이 돌을 쌓는 손길은 소리 없는 간절함이다. 하여 볼품없는 탑일지언정 얹혀있는 돌멩이 하나도 쓰러뜨리지 않으려고 길을 에둘러 걷는 발걸음은 그 간절함을 향한 아름다운 동참이다. 겉모양과는 상관없이 어떤 돌탑이든 기도와 기원이 담긴, 끝까지 희망을 버리지 못하는 인간이 기댈 수 있는 마지막 피신처이기 때문이리.

언젠가 호숫가에서 밑동이 뽑혀 죽은 나무를 만났을 때였다. 하얗게 달궈진 여름 햇살이 온통 그 나무 위로 쏟아져 내렸다. 알몸으로 드러누운 굵은 나무는 갈매기 몇 마리가 날아와 날개를 접고 쉬다 날아가고, 공중을 날던 친구를 불러들여 재잘거리다 떠나가도록 자신의 몸을 내주고 있었다. 나무 몸통에 뚫린 커다란 구멍, 호수 바람이 드나드는 그곳에 누군가가 돌탑을 쌓아 놓았다. 조약돌탑이었다. 둥근 돌로 일곱 층을 쌓아 올리기가 쉽지 않았을 텐데, 정성을 다한 탑의 정수리 부분에 얹힌 작은 돌이 내 눈에는 위태롭기 짝이 없어 보였다. 운명 앞에 바람의 손을 타는 일이 두렵지 않은 존재는 없겠지만, 견딜 수 있다는 믿음이 전제되었기에 삶의 탑 쌓기가 가능했으리라.

호수 바람이 다시 한 번 돌탑을 어루만지고 지나갔다. 가슴이 서늘했다. 삶이 뭔가 인간의 노력이 아닌 다른 힘으로

움직인다는 느낌을 받을 때가 종종 있다. 민족을 초월해 지구 곳곳에 돌탑이 세워진 이유도 혹시 그런 운명의 긍정적인 힘에 기대고 싶은 심리에서 기인하지 않았을까. 어쩌면 우리가 전혀 예측하지 못하게 닥쳐오는 운명의 손길은, 우연이 아니라 수없이 스쳐 간 소중한 인연들의 결과인지도 모른다. 그래서 하찮아 보이는 돌과의 인연에도 의미를 부여하며 함부로 대하지 못하는 게 아닌지.

돌아온 '노라'

무작정 집을 나왔다. 부부싸움도 한몫했겠지만 다만 며칠이라도 매인 데 없이 자유로워지고 싶어 저지른 일이다. 상상 속에서나 가능하던 일인데 두려움보다는 일종의 쾌감이 일었다. 누가 시킨 것도 아닌데 울타리 안에서만 맴돌던 생활. 그곳을 탈출한 작은 항거를 두고 쾌감이라는 단어를 떠올리는 건, 아직 저항할 힘이 남아있다는 반가움일지 모른다.

자유를 향한 의지는 동물로서 본능이라는 생각에 용기를 냈지만, 막상 나오니 어디로 가야 할지 막막했다. 두 시간 남짓 한 방향으로만 달렸는데 고맙게도 내가 사는 온타리오주는 무척 넓었다. 달려도 달려도 끝이 날 것 같지 않자 일단은 다음 여정을 선택할 일이 없다는 데 안도했다.

헨리크 입센의 〈인형의 집〉 노라를 생각했다. 그 당시 많은 여성에게 갈채를 받으며 인형으로 살던 삶을 버리고 뛰쳐나간 그녀는, 지금쯤 어디서 무엇을 하고 있을까. 수없이 날갯짓해야 공중에 떠 있을 수 있는 거라면, 온전한 자유란 푸른 하늘에서조차 꿈이다. 안에서 내다본 하늘과 실제 황야의 하늘은 얼마나 많이 다른가. 생존을 위한 날갯짓은 세상 어디서도 우아할 수도 자유로울 수도 없다는 것을 노라는 알고 나 갔을까.

'행복한 줄 알았지 행복하지는 않았다'던 노라를 떠올리며 나의 삶을 생각한다. 결혼한 이래 진정한 '나 자신'으로 살아 본 적이 있던가. 학교와 집을 쳇바퀴 돌 듯 오가며, 퇴근하기 가 무섭게 또 다른 역할을 맡아야 했던 시간. 시댁과 친정, 가정과 직장, 그 안에서 이어지는 거미줄 같은 관계는 편안하 면서도 때로는 벗어버리고 싶은 굴레로 여겨졌다. 내가 맡은 여러 역할이 버거울 때면 나 역시 노라처럼 태엽만 감아주면 움직이는 자동인형으로 살아온 게 아닌가 하며 정체성에 회 의했다. 그간의 삶이 내가 자발적으로 선택한 결과라고는 해 도, 한정된 범위 내에서 주어진 것 중 하나를 골랐을 뿐 그 밖의 것도 있을 수 있다는 생각은 왜 못했던가 싶었다.

벗어놓은 빨래처럼 항상 누군가를 위해 먼지와 땀으로 얼 룩져야 하는 삶이었다. 그런 일상을 당연하다 여겼고, 내가 만든 규정에 나 자신을 몰아넣으며 힘들어했다. 그러자니 나 를 위한 시간이나 나만의 공간은 꿈꾸기 어려웠다. 한 달 만 이라도 아무도 없는 곳에 가서 책이나 실컷 읽었으면, 하는 게 내 나이 삼십 중반의 가장 절실한 바람이었다.

바람을 바람으로 품은 채 십 년이라는 시간이 지났을 무렵 온 가족이 캐나다에 이민 오게 되었다. 고국에서 내가 '나'이 게끔 하던 것들을 말끔히 지워버리고 다시 태어나는 혁신을 꿈꾸기에 이보다 더 좋은 기회는 없다고 생각했다. 진정 변화를 원하면 '지금까지의 나'이기를 그만두면 된다는 단순한 이치 앞에 설레기까지 했다. 그러나 매인 데 없이 산다고 해도 굳어버린 나의 의식이 변하지 않은 한 어떤 것도 달라지지 않는다는, 그 중요한 사실은 간과하고 말았다. 한국에서 우리 부부는 각자 직장생활을 하느라 얼굴 볼 시간도 없을 정도로 바빴다. 그러다가 이민 초기에 새로운 일을 찾을 때까지 스물네 시간 함께 있다 보니, 몰랐던 성격과 습성이 하나씩 보이기 시작했다. 자유롭기는커녕 서로에게 '집에 있는 남편'과 '잔소리하는 아내'라는 새로운 짐이 더 생긴 셈이었다.

차창을 끝까지 내렸다. 밀고 들어오는 바람이 가지런하던 머리카락을 흩트렸다. 통쾌했다. 겉모습이 그렇게 흐트러질 수 있다는 건 안으로도 무너질 수 있다는 조짐 같아 보였다. 내 청춘의 가장 빛나던 시간을 새장 안에서 보낸 것 같아 뭔지 모르게 억울하던 참인데, 바람이 구세주 같았다.

창밖으로 시선을 돌렸다. 산을 닮은 야트막한 구릉들이 휙 휙 지나가며 어디에도 사람이라고는 보이지 않자 서늘한 바람이 등을 적셨다. 꼿꼿하게 서 있던 그림자들이 하나둘 흔들리며 드러누웠다. 아무것도 보이지 않았다. 나는 어디에 있는가. 가로등도 없는 길을 소심하고 겁 많은 여자 혼자 정처 없이 달리고 있었다. 얼마든지 즐길 것 같던 끈 풀린 자유가 불과 한나절 만에 당혹스럽다니. 100년 전 노라의 용기를 떠올리며 나는 21세기 여자라고 외쳤다. 그러나 어둠이 찾아오니 갑자기 온 세상이 벼린 칼날을 숨긴 적군 같아 보이고 애초에 집을 나온 목적마저 가물거렸다.

환하게 불 밝힌 내 집을 떠난 지가 몇 년은 된 것 같고 그 날이 그날 같던 권태로운 질서마저 그리웠다. 한 자리가 비어 있는 휑한 식탁에서 두 남자가 힘없이 달그락거릴 젓가락 소리가 환청처럼 들렸다. 우리 집. 무엇과도 바꿀 수 없는 소중한 것들이 다 거기 있는데, 왜 나는 여기에 있는 것일까. 뜨거운 덩어리 같은 게 치밀었다. 폭풍처럼 몰아치는 가족의 힘에 저항하지 못하고 이대로 돌아설 것인가. 내 발로 집에 들어갈 일이 아득했고 구겨진 자존심이 애처로웠다. 밉상이던 남편이지만, 불러만 주면 못 이긴 체하고 들어가고 싶었다.

속박을 벗어나 세상을 훨훨 날겠다던 꿈. 그리도 간절히 바라던 자유란 게 고작 여기까지이던가. 바깥으로 뛰쳐나올 일이 아니라 내가 선 자리에서 영혼의 자유로움을 추구하는 일, 그것일지도 모른다. 나를 속박한 것은 공간도, 시간도, 내가 맡은 역할도 아니다. 마음이 자유로우면 밧줄에 묶여도 자유롭고 마음이 묶이면 허공을 날아도 구속이다. 이 단순한 진실을 깨닫게 한 하룻밤 가출은, 그러나, 살면서 내가 한 일 중에 가장 멋진 파격이었다.

기억의 꽃은 피고지고

〈Away From Her〉는 기억력의 파괴로 차츰 인격을 내려 놓게 되는 질병, 알츠하이머를 주제로 삼은 영화다. 캐나다의 겨울을 상징하는 끝없이 펼쳐진 눈밭에서 노부부가 스키를 타며 계절을 함께 보내고, 차를 마시고 책을 읽으며, 반세기에 가까운 세월을 부부로 정을 쌓아가는 일상을 담담한 스케치로 보여준다. 단조롭고 평범한 생활 속에 담긴 그들 삶의 모습이 지루하다기보다는 평화로운 그림으로 펼쳐진다.

그러나 아내에게 '알츠하이머'라는 비정한 바람이 몰아치자 평화롭던 그림이 부분적으로 지워지면서, 기억의 꽃들은 마치 무지개를 헝클어놓은 것처럼 엉켜버린다. 영혼의 창을 밝히던 불들이 하나씩 꺼지는 것을 의식한 그녀가 자신을 전문 요양원에 맡겨 달라고 말할 때 망연히 굽어보던 남편의 눈동자를 나는 잊지 못한다. 요양원의 규정상 처음 한 달간 환자가 적응하는 기간에는 면회가 금지된다. 아내와 하루도 떨어져 지낸 적이 없는 그는, 그녀의 체취만 남은 빈 집에서 하루하루를 견딘다. 그러나 '한 달'이라는 기간은 아내가 남편의 존재를 기억 속에서 완전히 밀어낼 수도 있는 시간이었음을 짐작이나 했을까.

놀랍게도 아내는 요양원에서 새로운 남자와 사랑의 싹을 키운다. 자신을 알아보지 못하는 아내를 매일 찾아가 낯설어지는 아내를 지켜보는 그의 인내가 아슬아슬하다. 자신이 살던 세계를 깨끗이 지워버리고 마치 어린아이처럼 새로운 세상을 만나고 있는 그녀의 모습을 보면 그 병이 가족이나 주변 사람이 아닌 '환자 자신에게도 고통이고 아픔일까?' 하는 의문이 든다. 새로 사귄 연인과 자연스럽게 일상을 함께하는 아내를 보며 때로는 소외감으로, 때로는 질투심으로 남편은 괴롭다. 기억을 되살리기 위해 아내가 좋아하던 책을 반복하여 읽어주고, 이제는 퇴원한 '아내의 애인'을 다시 만나게끔 주선하는 남편의 초인적인 노력 앞에서도 병마는 거만한 웃음을 거두려 하지 않는다.

병세가 깊어진 상황에서 의학적으로 가능한 일인지는 몰라도 그녀는 마지막 순간에 잠시 기억을 되찾아 "당신은 나를 버릴 수도 있었는데," 라며 남편을 품에 안는 것으로 아픈 사랑을 마무리한다. '당신을 만났던 첫 순간 당신 손에서 전해지던 따스한 촉감을, 진정 내 생애 최고의 순간들이 바로 어제의 일만 같아요' 하는 'Only Yesterday' 곡이 잔잔한 울림으로 남아 있다.

온 마음을 다해 서로 정을 키우고 그 못지않은 운명의 돌봄을 받으며 살아온 노부부. 아내의 고통을 고스란히 짊어진 남편의 시각으로 전하는, 젊지 않은 사랑 이야기에 가슴이 아리다. 작가는 젊음의 전유물로 여겨지던 '젊은 사랑'에서 노부부의 '묵은 정' 쪽으로 시선을 돌려 사랑과 관계와 함께한 시간을 이야기한다. 영화는 처음부터 끝까지 지루할 만큼 차분한 톤으로 한결같은 사랑을 보여주면서도, 희망이 보이지 않는 수렁에 빠진 노부부의 삶이 너무 무거워지지 않도록 표현을 절제한다.

사람이 살아가며 사람의 힘으로는 도저히 어찌할 수 없는 상황에 부딪혔을 때, 우리는 어떻게 하는가. 있는 그대로를 겸허함으로 받아들일 수도 있고, 운명과 맞서는 강인한 의지력을 발휘할 수도 있고, 신적인 존재에 간절히 의지하기도 할 것이다. 의지로 운명을 꺾을 수 없다는 것쯤이야 모를 나이가 아니지만, 그저 묵묵히 받아들일 수밖에 없는 노년의 뒷모습은 쓸쓸했다. 쓸쓸함을 견디는 일, 어쩌면 그런 것이 노년이겠구나. 작가는 인간의 원초적인 고통이나 고독은 조바심치거나 엄살을 부린다고 해결할 수 있는 것이 아니라고, 한없이 작기만 한 인간으로서의 한계를 인정하고 의연하게 대처하는 것이 최선이라고 말하고 싶은 게 아니었을까.

여행, 그 떨림으로

여행은 내게 무엇인가. 전혀 다른 삶 속에 풍덩 빠져 자맥질함으로써 잠들었던 오감이 깨어나고 미지근하던 체온이 올라가며 둔중하던 심장은 빠르게 고동친다. 미지의 세계에서 낯설고도 우발적인 상황에 반응하는 크고 작은 가슴 떨림은 그런 의미에서 말 못 할 희열이다.

몇 번을 미루고 벼르다 떠난 여행이다. 미국 동북부에 걸쳐있는 몇 개의 주를 돌아오는 여정에서 매사추세츠 주 콩코드를 향하자 가슴이 요동치기 시작한다. 그 술렁임은 H.D. 소로의 영향력이 아직도 식지 않고 내 안에 살아있으리라는 기대감 때문일 것이다. 그 지역을 여행하면 꼭 들러보리라 벼르고 있던 월든 호수. 자연을 통해 세상과 인생을 관조하게 된다는 비교적 늦은 나이에 이르러서야 나는 그의 책 〈월든〉을 만났다. 만일 내가 젊어서 그 책을 읽었더라도 뇌리에 이처럼 깊게 새겨졌을까.

후에 안 일이지만 그는 대학을 졸업하여 짧은 생을 마감할 때까지 25년 동안 30여 권의 일기를 썼고, 강연이나 글을 쓸 때 자신의 일기에서 자료를 얻곤 했다고 한다. 그러한 사실을 알고 나서 나는 그에게 은밀한 친근감을 느꼈다. 나 역시 대부분 글의 소재를 일기에서 얻고 있기 때문이다. 비록 별것 아니라 해도, 아득히 멀게만 느껴지던 한 시대의 작가와 공유하는 '어떤 점'이 내게도 있다는 건 얼마나 큰 위안인가.

호숫가에 두 평 남짓한 통나무 오두막을 짓고 자연 친화적 삶을 실천한 소로. 책에서 만난 그를, 도착하기도 전부터 상상 속에 한껏 부풀려서 그려본다. 그의 발자국을 따라 호숫가 숲길을 걷고 싶고, 160여 년 전에 그가 심었다는 호두나무와 소나무의 안부도 묻고 싶고, 고요 속에 즐겨 들었다는 티티새의 노랫소리도 궁금하다.

문명을 잠시 내려놓고 노동으로 생계를 꾸려가던 그의 정직한 두 손을, 더없이 간소한 생활 속에서도 넉넉하던 그의 가슴과 숨결을 만나고 싶다. 입으로는 진솔한 삶을 동경한다고 하면서도 막상 거추장스러운 겉옷 하나 벗어놓지 못하고 사는 내 삶의 모습이 추레해 보여서인지. 작은 집착 때문에 정작 소중한 것들은 지나치고 사는지 모른다는 생각 때문은 아닌가. 무소유의 대명사처럼 자리매김한 법정 스님이 생각난다. 가능하면 자신의 생활을 자급자족하던 그분도 〈월든〉을 읽었을까. 읽고 나서 혹시 나처럼 이곳 호숫가를 찾은 것은 아닐지. 스님은 소로를 만나 어떤 이야기를 나누었을까, 엉뚱한 상상에 젖는다. 소로 스스로 자신을 '자연 관찰자'라 불렀듯이 매일 달라지는 호수의 물빛과 하늘의 변화를 마음의 눈으로 보고 마음의 귀로 듣던 삶의 원형이 책 한 권에 고스란히 녹아있다. 그러한 그의 삶을 먼발치에서라도 마주하고 싶은 갈망이 나를 이곳으로 이끌었으리라.

콩코드 박물관에는 시대를 함께한 에머슨 시인과 작가 호손이, 육신을 버린 영혼만으로도 우정을 지킬 수 있다고 자신하는 표정으로 소로 곁에 나란히 서 있다. 당대의 콩코드를 주름잡던 그들의 입김이 스며들지 않은 곳이 없으리라. 소로를 보러 갔다가 그들 모두를 한꺼번에 만나다니 이런 행운이 또 있을까. 그런데 웬일인지 〈큰 바위의 얼굴〉과 〈주홍글씨〉로 친숙한 호손의 표정이 심각하게 굳어 있다. 고독 속에 살다간 그의 생애를 염두에 둔 탓에 내게만 그리 보이는 걸까. 에머슨이 냉혹해 보이는 이유 또한 나의 선입견 탓이겠지. 소로의 탁월함은 인정하면서도 칭찬을 아끼던 그의 속마음에 대한 의구심과, 영적인 스승이면서도 제자인 소로와 묘한 경쟁 관계였다는 사실을 몰랐더라면 그에게서 오늘과는 다른 인상을 받지 않았을까.

이번 여행 역시 내게 많은 사색 거리를 안겨주었다. 여행은 사람이든 풍경이든 낯선 것들과의 만남 이외에도 그 '떠남'과 '돌아옴' 사이에 방황을 통한 사색이 있어 소중하다. 자신이 사는 동네를 걸을 때 그렇듯이, 익숙해진 곳에서는 건성으로 지나치기 쉽다. 여행 중에 낯선 시선을 통해 스스로 가치를 부여한 것들을 나의 것으로 만들어 지니고 싶다. 스치듯 지나가는 시간과 공간을 가능하면 오래 간직하고 싶다는 간절함 때문에 나는, 그리고 우리는 글이나 사진으로 기록하는지도 모른다.

　진정한 '길 떠남'을 원하면 육체와 정신이 함께 떠나야 한다. 길 위에서 영혼의 떨림을 경험한 후 작은 흔적이라도 남기고 싶은 열망이 노트와 펜을 챙기게 한다. 언제라도 떠날 수 있게 작은 손가방 하나 곁에 두는 일도 잊지 않는다. 떠나기 위해 돌아온 이곳을, 돌아오기 위해 다시 떠날 준비를 한다.

김영수 연보

1956년 3월 인천광역시 강화에서 김유양과 이정숙의 네 딸 중 장녀로 태어남.

1963년~1968년 서울 동신 국민학교

1968년~1974년 동덕여자중고등학교
고등학교 입학하여 쓴 글이 국어선생님의 추천으로 교지에 실리면서 문학소녀의 꿈을 키움

1974년~1978년 상명대학교 영어교육과. 윤재천 교수님의 수필 강의를 들으며 수필공부

1978년~2002년 경기도 용인여자중고등학교를 시작으로 8 개 중고등학교 교사로 근무
독서와 배우는 것을 좋아하여 서예, 꽃꽂이 등을 습작

1983년 8월 중동 이라크 건설 현장에서 근무하던 임재훈과 결혼하여 경기도 안양에 거주

1985년 5월 아들 임원묵 태어남. 육아를 친정어머니께 부탁하려고 친정 근처로 옮김

1989년 현대그룹 사원 아파트로 입주, 쌍문동으로 이사

2002년 8월 일산 정발중학교를 끝으로 명예퇴직하고 캐나
다 이민

2004년~2007년 토론토에서 비디오가게 운영하며 그 동안
못 본 영화 수백 편을 본 시간

2006년 캐나다한인문인협회 신춘문예에 수필 〈는비 속의
가을〉로 입상

2007년 『에세이문학』에 〈덧없는 꿈〉으로 완료추천

2008년~2013년 〈김영수 수필산책〉 캐나다 시사 한겨레신
문에 연재

2009년 첫 수필집 ≪물구나무 서는 나무들≫ 출간, 경희해
외동포문학상 수상

2011년 두 번째 수필집 ≪먼 길 돌아 돌아온 바람≫ 출간

2012년 ≪먼 길 돌아 돌아온 바람≫으로 제30회 현대수필
문학상 수상

2013년 수필문우회 회원
세 번째 수필집 ≪시간의 기차여행≫ 출간

2013년~2014년 토론토 문예교실 강사

2014년~현재 〈그린에세이〉 편집위원

2014년 9월 아들 임원묵 결혼, 임정연을 며느리로 맞음

2014년~2015년 수필집 ≪시간의 기차여행≫에 수록된 글
캐나다 한국일보에 연재

2015년 8월 첫 손자 임규현 태어남

2016년 수필집 ≪시간의 기차여행≫으로 제3회 재미수필해

외문학상 수상

2016년 12월 둘째 손자 임규진 태어남

2016년~2018년 제24대 캐나다한인문인협회 회장

2017년~현재 미주한국일보 〈주말에세이〉 필진으로 활동

2018년 네 번째 수필집 ≪어느 물고기의 독백≫ 출간

2019년 10월 수필집 ≪어느 물고기의 독백≫으로 북콘서트 개최

2019년 〈엄마와 재봉틀〉로 '2019 빛나는 수필가 60인'에 선정

2021년 4월 수필선집 ≪하얀 고무신≫ 출간